KB021279

와세다 유치원에서의 1년

함께여서 행복했던
내 아이의 어린 시절

와세다 유치원에서의 1년

조혜연 에세이

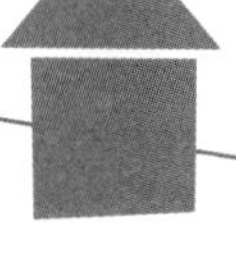

세나북스

언제나 그리울

내 아이들의 어린 시절을 추억하며

프롤로그

아이는 아이답고, 가족은 가족다울 수 있었던 시간

우리 가족은 남편의 일본 유학을 계기로 2016년 3월부터 2017년 9월까지 약 1년 6개월 정도 도쿄에서 생활하다가 돌아왔다. 나름 길다면 길고 또 짧다면 짧을 그 시간 동안 참으로 많은 일들이 있었다.

우리는 틈나는 대로 도쿄의 구석구석을 돌아보았고 일본의 많은 지역을 여행했으며 또 일본이 아닌 다른 나라들로도 여러 번의 가족 여행을 다녀왔다. 내게는 너무도 낯설던 일본이라는 새로운 나라를 만나 새로운 문화를 접하고 새로운 언어를 배우고 또 새로운 사람들과 함께 할 수 있었던 무척이나 뜻깊은 시간이었다.

하지만 누군가 내게 일본에서의 그 1년 6개월 동안 가장 잊지 못할 기억이 무엇이었냐고 묻는다면 나는 주저 없이 '와세다 유치원에서의 1년'이었다고 말할 것이다. 그리고 누군가 그럼 일본에서 가장 힘들었던 기억은 무엇이었냐고 묻는다면 그때도 나는 역시 '와세다 유치원에서의 1년'이었다고 답할 것이다. 또 누군가가 내게 그럼 일본에서 가장 유익했던 기억은 무엇이었냐고 묻는다면 그 역시도 나는 또 '와세다 유치원에서의 1년'이었다고 말할 것이다.

나는 현재 초등학교 4학년에 다니는 아들 쌍둥이를 키우고 있다. 일본으로 갈 당시 7살이었던 우리 아이들은 일본의 한 구립 유치원이었던 와세다 유치원에서 1년을 보내고 그 후에 일본의 구립 소학교(초등학교)를 6개월 정도 다니다가 돌아왔다.

처음 아이들을 현지 유치원에 보내기로 결정했을 때는 물론 걱정되는 면이 없지는 않았다. 하지만 미국 유치원도 아니고 프랑스 유치원도 아니고 중국 유치원도 아니고 다름 아닌 일본 유치원이 아니던가. 한국의 유치원과 달라 봐야 뭐 얼마나 다르겠는가 싶었다. (물론 아이들이 일본어를 전혀 못하긴 했지만 어차피 영어도 전혀 못하는 것은 마찬가지였기에 국제 유치원에 보낸다고 해도 언어적인 면에서는 크게 다를 것이 없었다)

그런데 놀랍게도 그것은 나의 완벽한 오산이었다. 와세다 유치원에서의 1년은 나와 남편, 그리고 우리 가족 모두에게 하루하루 신선함과 놀라움, 그리고 배움과 깨달음의 연속이었다.

사실 나에게 일본은 너무도 낯선 나라였다. 나는 어려서부터 영어를 좋아해서 대학에서도 영어교육을 전공했고 그렇다 보니 자연스럽게 서구권 문화에 관심을 가지고 있었다. 한자는 무식하다는 표현이 어울릴 정도로 잘 알지 못했고 내 나이 또래라면 중고등학교 때 누구나 한 번쯤은 빠졌었다는 J-pop이나 일본 애니메이션에도 단 한 번도 관심을 가져본 적이 없었다.

원체 성향이 그러하다 보니 남편을 따라 일본에 오면서도 일본에 있는 동안 일본어를 배워서 가야겠다거나 혹은 일본 문화를 깊이 접해봐야겠다는 생각은 조금도 하지 않았었다. 그저 아이들이 유치원에 간 동안 여행하듯이 도쿄를 누비며 맛집을 찾아다니고 쇼핑이나 해야겠다는 생각만 잔뜩 하고 있었을 뿐이었다. 하지만 와세다 유치원에서의 1년은 나의 이런 계획을 시작부터 완전히 바꾸어 놓고 말았다.

생각해보면 나는 해외에서 아이를 키운다는 것, 특히 아이를 그 나라의 현지 유치원에 보낸다는 것이 어떤 의미인지 전혀 파악하지 못하고 있었던 것 같다. 하지만 막상 아이를 일본의 현지 유치원에 보내고 보니 그것이 얼마나 큰 의미를 가지는 것인지 금방 깨달을 수 있었다.

사실 유치원에 다니는 나이대의 아이들은 딱히 어느 나라 사람이라고 규정하기 힘든 사고의 유연성을 가지고 있다. 그 나이대의 아이들은 한국에서 자라면 한국인으로, 일본에서 자라면 일본인으로 또 미국에서 자란다면 미국인으로도 클 수 있는 아이들이었다.

그리고 유치원이 바로 그 역할을 담당하는 곳이었다. 일본의 현지 유치원에서는 아직 완전한 일본인이라고 말하기 힘든 어린아이들에게 앞으로 일본인으로서 살아가기 위해 갖추어야 할 덕목들, 일본인으로서 배워야 할 지식들, 그리고 일본인으로서 추구해야 할 가치들을 하나하나 차근차근 아주 자세히 알려주고 있었다. 그렇다 보니 아이들을 와세다 유치원에 보냈던 그 1년 동안 나는 일본과 일본인, 그리고 일본 사회에 대해 꽤 깊숙이 파고들게 될 수밖에 없었다.

내가 지켜본 일본 사회는 생각보다 훨씬 더 보수적이었다. 특히 각자에게 주어진 역할을 무척이나 중시하는 사회였기에 각각의 역할에 대한 사회적인 틀이 꽤나 견고해 보였다. 이를테면 여자는 여자다워야 하고, 학생은 학생다워야 하고, 또 가게 점원은 가게 점원다워야 한다는 식으로 말이다.

물론 이런 보수적인 문화가 한국인인 내게는 대체로 답답하고 구시대적이라 느껴질 때가 많았지만, 흥미롭게도 100% 꼭 그런 것만은 아니었다. 그중에는 꽤 매력적으로 다가오는 부분도 있었다. 바로 아이는 아이다워야 한다는 일본인들의 사고가 그러했다.

우리 아이들은 와세다 유치원에 다니던 그 1년 동안 7살짜리 아이로서 누릴 수 있었던 수많은 것들을 원 없이 누리다 돌아왔다. 공부에 대한 부담은 다 내려놓은 채 하루 종일 친구들과 어울려 운동장과 놀이터를 뛰어다녔고, 흙먼지를 뒤집어쓴 채 진흙 놀이에 빠지는가 하면 공원의 수풀 속에서 방아깨비를 찾고 개울가의 가재와 개구리를 잡느라 하루하루 시간이 가는 줄 몰랐다. 책보다는 놀이, 키즈카페보다는 동네 공원의 수풀 속, 컴퓨터 게임보다는 색종이와 가위에 푹 빠져 지내다 온 시간이었다. 그야말로 7살이기에 누릴 수 있었던 아이답고도 또 아이다운 시간들이었다.

부모의 참여를 무척이나 중시한다는 점도 꽤 인상적이었다. 엄마가 아이와 함께 유치원을 다닌다는 우스갯소리가 있었을 만큼 유치원 자체 내에서 모든 활동에 엄마들의 적극적인 참여를 요구했는데, 특히나 우리 가족의 경우에는 내가 초반에 일본어를 전혀 하지 못했던 관계로 남편까지 합세하여 그야말로 온 가족이 1년 내내 유치원 생활에 푹 빠져 지내다 돌아왔다.

물론 그러한 생활이 늘 즐겁기만 했다고는 할 수 없지만 그래도 일본이라는 그 낯선 땅에서 온 가족이 똘똘 뭉쳐 함께 할 수 있었던 그 시간들은 꽤나 값진 경험이었다. 가족이 정말 진정한 가족다울 수 있었던 시간이었다고나 할까.

아이는 아이답고 가족은 가족다울 수 있었던 시간들, 와세다 유치원에서의 그 1년을 통해 우리 가족에게는 많은 변화가 찾아왔다. 아이들은 자연을 사랑하는 열정적인 꼬마 곤충학자들이 되었고, 남편은 틈만 나면 두 아이와 시간을 보내고 싶어 하는 세상 다정한 아빠가 되었으며, 나는 일본이라는 새로운 나라를 만나 이전보다 조금 더 넓은 시야로 세상을 바라볼 수 있는 안목을 갖게 되었다.

그리고 무엇보다 가족이 가족으로서 수많은 추억을 공유하며 서로에게 한발씩 더 다가설 수 있게 된 것이 분명 가장 값진 소득이었을 것이다.

이 책에는 우리 가족이 와세다 유치원에서 1년을 보내며 겪었던 소소한 일상들, 그리고 그 안에서 얻은 작지만 소중한 행복과 감동, 배움과 깨달음의 이야기들이 담겨 있다. 그 이야기들이 이 책을 읽는 독자 여러분들의 마음속에서도 의미 있는 변화의 씨앗이 되어줄 수 있기를 바래본다.

2020년 8월

조혜연

Contents

PART2

추억이 쌓인다, 가족이 자란다

PART3

기억할게, 너와 함께 한 그 반짝이던 시절을

PART 1

이상한 유치원의 앨리스가 되다

뭐, 어디를 가겠다고?

"뭐, 어디를 가겠다고? 일본?"

순간 당황스러움에 할 말을 잃었다. 혹시 장난은 아닌가 싶어 조심스레 다시 물어봤지만 남편은 여전히 진심인 것 같았다.

변호사인 남편이 다니는 로펌에는 소속 변호사들을 위한 유학 프로그램이 있었다. 5년 동안 근무를 하고 나면 그 후에 회사 지원으로 1~2년 정도 유학을 갈 기회를 제공해 주는 것이었다. 어떤 나라로 유학을 가게 될지는 본인이 직접 선택할 수가 있었는데 대부분의 사람은 미국, 그중에서도 특히 미국 서부를 택했다. 우리 역시 아주 오래전부터 미국 서부를 남편의 유학지 1순위로 생각하고 있던 터였다.

사실 유학은 학업을 통해 직업적 전문성을 더 향상시킬 수 있는 기회이기도 했지만, 또 그와 동시에 바쁜 회사생활에서 벗어나 가족들과 좀 더 많은 시간을 보내고 재충전을 할 수 있는 좋은 기회이기도 했다. 남편이 회사에 입사한 후로부터 그 5년간의 시간은 우리 부부 모두에게 참으로 힘들었던 시기였다. 남편의 로펌 생활은 정말이지 상상을 초월할 정도로 치열했고, 나 역시 남편의 입사와 거의 같은 시기에 태어난 쌍둥이 아들들을 키우느라 남편 못지않은 치열한 삶을 살고 있었다.

그런 우리에게 남편의 유학 기간은 사막 속 오아시스처럼 간절한 것이었고 미국 서부는 이를 위한 더할 나위 없이 훌륭한 선택지였다. 요즘같이 영어교육이 중시되는 때에 아이들에게 자연스럽게 영어를 접할 기회도 줄 수 있고 또 햇살 가득한 날씨와 대자연이 주는 혜택을 마음껏 누리며 원 없이 여행도 할 수 있을 테니 이보다 더 완벽한 곳이 어디에 있겠는가. 그런데 기나긴 그 5년의 시간이 흐르고 드디어 유학지 선정의 시기가 다가오자 남편이 정말 뜬금없게도 일본으로 유학을 가겠노라고 선언을 한 것이다! 세상에나 일본이라니. 이게 도대체 무슨 일이란 말인가.

남편의 회사에서는 국내소송뿐 아니라 국제소송도 많이 다루고 있었기에 외국어를 잘하게 되면 아무래도 할 수 있는 일의 범위가 훨씬 더 넓었다. 하지만 안타깝게도 남편의 영어 실력은 그다지 좋지가 못했다. 물론 전형적인 한국인답게 어휘나 문법, 읽기 부분에서는 아주 뛰어난 실력을 보였지만 말하기와 듣기는 그야말로 완전히 초보 수준이었다. 그래서인지 남편은 어느 순간부터 일본어 쪽으로 눈을 돌리기 시작했다. 남편은 원래부터 일본문화에 관심이 많던 사람이었다. 어려서부터 일본 애니메이션과 J-pop을 좋아했기에 일본어와 일본문화를 가까이 접하면서 자랐고 대학을 졸업한 뒤 취미 삼아 배워둔 일본어도 제법 괜찮은 수준이었다. 워낙 한자에 강한 사람이어서 그런지 영어에 비해 일본어는 훨씬 더 수월하게 배워나가는 듯했다. 그렇다 보니 남편은 회사 내에서 자연스럽게 일본 관련 국제소송에 참여하는 일이 잦아졌고 그 과정에서 뭔가 새로운 가능성을 발견한 모양이었다.

상황이 이러하다 보니 조금 당황스럽긴 했지만 나 역시 남편의 일본 유학을 반대하기가 쉽지 않았다. 그리고 어찌 보면 일본도 나쁘지 않은 선택이라는 생각이 들었다. 나는 원래부터 영미권 문화에 무척이나 익숙한 사람이었다. 미국은 매력적인 나라였지만 또 동시에 어떤 면에서는 조금 식상하게 느껴지기도 했다. 일생에 몇 없을 좋은 기회, 완전히 새로운 나라에 가서 경험해 보지 못한 문화를 접해보는 것도 재미있으리라 생각했다.

그 후 얼마 뒤부터 남편의 본격적인 일본 유학 준비가 시작되었다. 도쿄, 삿포로, 나고야 등 여러 도시가 물망에 올랐고 남편은 결국 도쿄의 와세다 대학 법학대학원으로부터 방문연구원 자격의 초청장을 받았다. 와세다 대학은 공교롭게도 도쿄의 신주쿠구에 있었다. 신주쿠라니 그 벅적거리는 도쿄 중에서도 가장 핵심이 되는 지역 중 한 곳이 아니던가. 상상만으로도 그 뜨거운 에너지가 전해져 오는 것만 같았다. 그곳에서는 도대체 어떤 생활이 우리를 기다리고 있을까? 한편으로는 걱정이 되면서도 또 한편으로는 두근두근 설레는 마음을 안고 2016년 3월 말 우리 가족은 그렇게 도쿄행 비행기에 몸을 실었다.

도쿄에서의 첫 시작은 그야말로 혼란 그 자체였다. 단순히 여행을 떠나는 것과 아예 그곳에서 삶을 꾸린다는 것은 비교할 수 없을 정도로 완전히 다른 일이었다. 게다가 우리에게는 이제 7살밖에 되지 않은 시끌벅적 에너지 넘치는 두 명의 아들들마저 딸려있지 않았던가!

여기저기 돌아다니며 생활에 필요한 물품들을 준비하고 휴대폰, 은행 계좌, 의료보험 등 끝도 없이 쏟아지는 행정 작업들을 처리하다 보면 하루하루가 어떻게 지나가는지 정신을 차릴 수가 없었다. 게다가 도움받을 수 있는 사람 하나 없는 낯선 땅에서 아이들마저 24시간 돌봐야 하니 일의 속도는 한없이 느려질 수밖에 없었다. 결국 남편과 나는 모든 일을 제치고 우선 아이들의 유치원부터 알아보기로 했다.

일본에는 우리나라와 마찬가지로 구립(공립) 유치원과 사립 유치원이 있는데 우리는 아이들을 구립 유치원에 보내기로 마음먹었다. 신주쿠구청에서 한 번에 쉽게 정보를 구할 수 있었던 구립 유치원들과 달리 사립 유치원들은 일일이 발품을 팔며 직접 정보를 알아보아야 했는데 당시 우리에게는 육체적으로도 또 정신적으로도 그럴만한 여유가 없었기 때문이었다. 또 들어보니 구립 유치원이 사립 유치원과 비교해 원비도 훨씬 더 저렴했다. 일부러 고생까지 해가면서 굳이 아이들을 사립에 보내야 할 이유를 찾을 수가 없었다.

신주쿠 구청에서 받은 정보들을 바탕으로 찾아보니 우리 집 주변에는 3개 정도의 구립 유치원이 있었다. 그리고 나는 그중 와세다 유치원이라는 곳이 마음에 들었다. 다른 두 유치원에 비해 상대적으로 집에서 조금 더 멀기는 했지만 그래도 조용하고 한적한 주택가 한가운데에 자리 잡고 있어 아이들을 보내기에 좋아 보였다.

그리고 무엇보다 '와세다'라는 그 이름이 내 마음에 쏙 들었다. '와세다 유치원'이라니 이름부터 뭔가 정말 멋지지 않은가! 하하하. 남편은 나의 이런 선택에 웃음을 터트렸지만 결국엔 큰 불평 없이 내 결정을 따랐고 그 후 얼마 뒤 우리 아이들은 4월 신학기에 맞추어 와세다 유치원에 첫발을 내딛게 되었다. (일본은 우리나라와 달리 4월에 신학기가 시작된다)

아이들을 보낼 유치원을 정하고 난 뒤 남편과 나는 안도의 한숨을 내쉬며 이렇게 생각했다. '아, 이제 드디어 우리도 여유로운 도쿄 생활을 시작할 수 있겠구나. 진짜 다행이다.'라고. 그때는 정말 상상도 하지 못했다. 그 유치원이 어떤 유치원일지, 그리고 그 유치원 하나가 우리 모두의 도쿄 생활을 얼마나 많이 바꾸어 놓게 될 것인지를.

그때는 정말 상상도 하지 못했다.

그 유치원 하나가
우리 모두의 도쿄 생활을
얼마나 많이 바꾸어 놓게 될 것인지를.

마성의 유치원

우리 아이들은 너희들은 뭐든 다 잘 해낼 수 있을 거라는 도무지 밑도 끝도 없는 믿음을 가진 나 같은 엄마를 둔 덕에 일본어라고는 정말 한마디도 할 줄 모르는 상태로 와세다 유치원에 입학했다. 하지만 그처럼 매사에 낙관적인 나마저도 아이들을 유치원에 보낸 첫날은 걱정이 되지 않을 수가 없었다.

처음에는 많이 어색할 텐데 말 한마디 안 통하는 곳에서 엄마, 아빠 없이 잘 버틸 수 있을까? 하루 종일 안절부절못하고 있다가 유치원이 끝날 무렵 둘이 도대체 어떤 표정을 지으며 나오게 될지 너무도 떨리는 마음으로 남편과 함께 아이들을 기다리고 있었다.

그런데 어라? 아이들은 예상과 달리 너무도 밝고 환한 모습으로 유치원 건물을 빠져나오는 것이 아닌가. 그뿐만 아니라 둘이 완전히 신이 나서 오늘 유치원에서 무슨 일이 있었는지 재잘재잘 쉴 새 없이 떠들어대는 통에 정신이 하나도 없을 정도였다. 등원 첫날부터 이 유치원을 너무도 좋아했던 우리 아이들은 그 후로도 1년 내내 단 한 번도 유치원에 가기 싫다고 떼를 쓴 적이 없었다. 일본어에 익숙해지기까지 어느 정도 시간이 걸렸고 그사이 언어 때문에 알게 모르게 꽤나 스트레스를 받으면서도 유치원에 가는 것만큼은 언제나 좋아했다. 참으로 신기한 일이었다.

그런데 재밌는 건 이게 꼭 우리 아이들만의 이야기는 아니었다는 사실이다. 6월 즈음 유치원에 한 남자아이가 새로 들어온 적이 있었다. 이 아이는 아빠가 미국인이고 엄마가 일본인이었는데 방학 때 한 달 정도 일본 유치원을 체험하러 들어온 아이였다. 엄마가 일본인이라고는 하지만 일본어를 거의 못하는 아이였음에도 불구하고 아이는 며칠이 지나자 금세 유치원에 적응했다. 신기한 마음에 내가 그 엄마에게 슬쩍 물어보니 그 엄마는 내게 다음과 같은 답변을 해주었다.

"그러게요. 저도 걱정했는데 금세 적응하더라고요. 이 유치원을 정말 좋아해요. 다니기 시작한 첫날부터 좋아했어요."

그뿐만이 아니다. 9월에 호주에서 새로 들어온 한 여자아이의 엄마도 내게 똑같은 이야기를 해주었다. 아이가 유치원을 너무나 좋아한다고. 말이 안 통해서 스트레스를 받을까 봐 걱정했는데 유치원에 다니기 시작한 바로 그 첫날부터 이 유치원을 너무나 좋아했다고 말이다. 이건 다른 엄마들도 마찬가지였다. 나중에 이야기하겠지만 와세다 유치원은 사실 엄마들에게는 할 일이 너무도 많아 무척이나 힘든 유치원이었다. 하지만 그럼에도 불구하고 엄마들은 유치원을 다른 곳으로 옮기지 못했다. 그건 하나같이 다 아이가 이 유치원을 너무나 좋아하기 때문이었다. 그렇다. 그곳은 국적, 인종, 언어를 불문하고 어떤 아이든 한번 들어가면 절대로 헤어 나올 수 없는 '마성의 유치원'이었다.

와세다 유치원에는 만 3세 반인 아기새반 (고토리 구미), 만 4세 반인 딸기반 (이치고 구미), 그리고 만 5세 반인 달님반 (츠키 구미)이 있었는데 우리 아이들은 가장 연장자 반인 달님반이었다. 각반마다 20명 정도의 아이들이 생활하고 있어 원생을 다 합쳐봐야 60명 정도밖에 되지 않는 무척이나 아담한 유치원이었지만 그래 봬도 무려 70년이 넘는 역사를 자랑하는 전통 있는 곳이기도 했다. 오래된 유치원이다 보니 시설은 무척 낡은 편이었지만 일본이란 나라가 그렇듯 구석구석 아주 깔끔하게 관리되고 있어 아이들이 생활하기에는 조금도 부족할 것이 없었다.

유치원 앞에는 작은 놀이터 겸 정원이 딸려 있었는데 아이들은 그곳에서 참으로 많은 시간을 보내는 듯했다. 미끄럼틀을 타고 흙놀이를 하고 벌레를 잡고 다 같이 모여 피구를 하기도 하고 말이다. 특히나 벌레잡기를 무척 좋아했던 우리 아이들은 가끔씩 유치원에서 잡은 벌레를 예쁘게 포장해서 집으로 들고 오기도 했다. 환하게 웃으시던 선생님으로부터 오늘 아이가 잡은 벌레라며 꿈틀꿈틀 대는 커다란 초록색 애벌레가 고이 담긴 곤충 채집통을 처음 건네받았을 때의 그 당혹스러움이란 지금 생각해도 절로 웃음이 난다.

그 외에도 유치원에는 토끼, 거북이, 가재, 장수풍뎅이 등 아이들을 위한 동물들이 무척 많았는데 한국과 다른 점이 있다면 그 동물들을 아이들이 직접 키우고 있었다는 점이었다.

유치원을 다닌 지 한 달쯤 지난 후 공개수업에 가서 보게 된 것인데 와세다 유치원에는 당번 활동이 있었다. 아이들이 매일 아침 돌아가면서 자신에게 맡겨진 일을 하는 활동인데 다름이 아니라 토끼의 배설물을 청소하고 거북이 목욕을 시켜주고 가재가 있는 어항의 물을 갈아주고 꽃에 물을 주는 일 같은 것들이었다. 많이 해본 듯한 아주 능숙한 솜씨로 토끼의 배설물을 치우고 거북이를 직접 목욕시켜주는 아이들의 모습이 내게는 무척이나 인상적이었다.

그 외에도 와세다 유치원에서는 시골에 있는 유치원에서나 할 수 있으리라 생각했던 자연체험 활동들을 정말 많이 했다. 다 함께 모여 근처 공원으로 가재를 잡으러 가기도 하고 (잡은 가재 중 몇 마리는 유치원으로 가져와서 아이들이 함께 키웠다) 모내기 체험을 하기도 했으며 고구마 캐기 체험을 다녀와서는 가져온 고구마로 유치원 놀이터에 불을 피우고 다 같이 군고구마 파티를 하기도 했다. 한국 유치원에서도 무나 고구마를 캐러 가는 체험은 몇 번 해봤지만 캐온 고구마로 유치원 친구들이 다 같이 모여 군고구마를 만들어 먹다니. 아, 이 얼마나 정겨운 풍경인가.

군고구마 파티 말고도 초여름쯤에는 비파 파티라는 것도 있었다. 처음에 유치원 안내문에서 비파 파티라는 말을 보고는 이게 도대체 뭘

하는 걸까 굉장히 궁금했는데 알고 보니 유치원에 있는 한그루의 커다란 나무에 열려 있던 비파라는 열매를 따서 온 유치원생들이 다 함께 나누어 먹는 행사였다.

유치원의 시설을 관리해주시던 아저씨분들께서 사다리를 타고 올라가 열심히 비파 열매를 따주시면 아이들은 너무도 행복한 표정으로 그걸 받아 깨끗이 씻어 서로 맛있게 나누어 먹었다. 나는 이것이 정녕 도쿄, 그것도 신주쿠 한복판에 있는 유치원에서 벌어지고 있는 일들이라는 게 그저 놀라울 뿐이었다.

유치원에서 방학 때 내준 숙제들도 내게는 꽤 참신했다. 그 숙제들이란 방학 며칠 전에 아이가 유치원에서 직접 만든 나무 팽이로 팽이치기 연습을 하는 것과 1ℓ 페트병으로 곤충 채집통을 만들어 오는 것이었다. 처음에는 도대체 이게 뭔가 싶었다. 동화책 읽기나 그림일기가 숙제가 아니라 팽이치기 연습과 곤충 채집통 만들기가 방학 숙제라니.

하지만 여기에는 다 나름의 이유가 있었다. 방학이 끝나고 유치원에서는 팽이치기 대회가 열렸고 방학 동안 만들어 온 곤충 채집통을 들고 다 같이 근처 공원으로 곤충 채집 소풍을 떠난 것이다. 아, 이러니 아이들이 이 유치원을 어떻게 좋아하지 않을 수 있었겠는가!

이 외에도 와세다 유치원에서는 여름 축제, 가을 운동회, 학예회, 음악회, 떡 만들기 행사 등등 아이들이 좋아할 만한 행사들이 끊임없이 이어졌다. 후에 하나하나 다 자세히 이야기하게 되겠지만 아이들은 이 모든 행사에 처음부터 끝까지 아주 능동적으로 참여하며 행사의 주인

공으로서 그 몫을 충실히 해냈다. 말 그대로 아이들을 위한, 아이들에 의한, 아이들의 행사였다.

마지막으로 아이들에게 독서를 지나치게 강조하지 않는다는 점도 무척 마음에 들었다. 물론 와세다 유치원에도 잘 만들어진 어린이 도서실이 있었고 도서 카드를 만들어 책을 빌려 읽는 것을 권장하는 분위기였지만 우리나라에서처럼 어릴 때의 독서습관이 아이의 미래를 만든다는 식의 지나친 강요는 없었다. 일본은 기본적으로 문자는 초등학교에 들어가서 배우기 시작하는 것이라는 방침을 가지고 있었기 때문에 유치원에서 따로 시간을 들여 히라가나나 가타카나를 가르치지 않았다. 아니 생각해 보면 딱히 무엇인가를 가르치는 일 자체를 하지 않았던 것 같다.

와세다 유치원의 프로그램들은 주로 놀이에 중점을 두고 있었다. 그 놀이란 말 그대로 놀이였다. 우리나라에서처럼 놀이를 통해 영어를 배우고, 놀이를 통해 수학을 배우고, 또 놀이를 통해 뭔가를 배우는, 결국엔 뭔가를 배우기 위한 수단으로써의 놀이가 아니라 그냥 온전한 놀이 그 자체 말이다. 우리 아이들이 와세다 유치원의 놀이를 통해 구체적으로 무엇을 배웠는지는 솔직히 잘 모르겠다. 하지만 아이들은 원 없이 뛰어놀며 매시간 그 순간순간을 즐겼고 시간이 지나도 절대 잊지 못할 유년 시절의 소중한 추억들을 수없이 만들었다. 난 내 아이들에게 와세다 유치원에서의 1년이 그것만으로도 충분히 가치 있는 시간이었다고 생각한다.

어릴 때 좀 놀아본 아이들

처음 남편을 따라 도쿄로 가기로 결정했을 때 내 머릿속에는 이런 장면들이 그려졌다. 고층 아파트, 좁은 집, 삭막한 주변 환경, 매일 TV와 컴퓨터 게임에 빠져 지낼 아이들. 우리나라 대부분의 사람들이 그러하듯 내가 도쿄에 대해 가지고 있는 이미지는 대충 그런 것들이었다. 하지만 실제로 우리가 도쿄에서 보낸 삶은 이런 나의 상상들과는 놀라우리만치 거리가 멀었다.

우리는 와세다 대학에서 임대해주는 가족 숙소에서 머물렀는데 대규모 빌라의 1층이었던 그 집은 우선 내가 생각했던 것보다는 꽤 컸으며 무엇보다 자그마하긴 해도 무려 정원이 딸린 집이었다. 세상에. 우리가 서울도 아니고 그 땅값 비싸기로 유명하다는 도쿄 한복판에서 정원 딸린 집에 살게 될 줄이야. 진심 눈곱만큼도 예상하지 못한 일이었다. 오히려 미국 서부로 유학을 떠났던 사람들은 다들 아파트 생활을 했었다고 하던데 이런 걸 보면 인생이란 참으로 알 수 없는 일이다.

그 정원은 도쿄에서의 우리의 삶에 참으로 많은 즐거움을 가져다주었다. 우리는 마당에 이불을 널어 말리고, 정원에 씨앗을 심고, 동네 공원에서 올챙이들을 몇 마리 납치해 와서 키우기도 하고 (그중 일부는 개구리가 되어 공원에 다시 방생했다), 심지어는 정원에 종종 출몰하는 작은 도마뱀 때문에 삼부자가 샤워 준비를 하다 말고 뛰어나오는 일도 있었다.

아이들은 시간이 날 때마다 정원에 나가서 흙놀이를 하고 벌레를 찾았고 주말 오전이면 육아의 한 8할은 정원이 맡고 있다고 해도 과언이 아니었을 만큼 아이들은 그 정원을 정말 좋아했다. 내가 이런 얘기를 했더니 한국의 한 지인이 내게 혹시 너희들 도쿄가 아니라 오키나와로 유학을 간 게 아니냐고 농담 삼아 묻기도 했을 만큼 도쿄에서의 우리의 삶은 지극히도 자연 친화적이었다.

우리의 자연 친화적 삶에 일조한 것은 꼭 그 정원뿐만은 아니었다. 도쿄는 내가 생각했던 것보다 녹지율이 훨씬 더 높은 도시였다. 너무도 잘 가꾸어진 아름다운 정원과 공원들이 도심 곳곳에 있어 우리는 주말마다 돗자리 하나 싸서 들고 각종 공원을 돌아다니느라 바빴다.

그중에서 우리 아이들이 가장 좋아했던 곳은 집에서 걸어서 5분이면 갈 수 있었던 '칸센엔'이라는 작은 일본식 정원이었는데 이곳은 그야말로 동네 꼬꼬마들의 사랑방 같은 곳이었다. 봄이 되어 날씨가 좀 포근

해지면 온 동네 꼬꼬마들이 이곳에 모여 올챙이를 잡느라 정신이 없었고 올챙이 철이 좀 지나고 나면 이번에는 작은 새우를 잡느라 난리였다. 정원에 있던 연못에는 언제나 팔뚝만 한 잉어와 자그마한 거북이들이 느긋하게 헤엄을 치고 있었고 구석구석 각종 곤충과 새들이 가득했다.

그보다 조금 더 걸어가면 있던 또 다른 한 공원의 연못에는 가재가 정말 많아서 초여름쯤에는 몇 번이나 아이들과 함께 그곳에서 가재를 잡았던 기억이 난다. 다시 한번 말하지만 우리는 오키나와가 아니라 도쿄에 살았었다. 그것도 도쿄에서 가장 번잡스러운 곳 중 한 곳이라는 신주쿠 한복판에서 말이다.

일본은 전반적으로 아이들의 야외활동을 무척이나 중시하는 문화를 가지고 있다. 서울과 달리 도쿄에는 키즈카페라는 것이 거의 존재하지 않았는데 여기에는 여러 가지 복합적인 이유가 있겠지만 아마도 아이들은 실내가 아니라 야외에서 햇빛을 보며 뛰어노는 것이 맞는다는 일본인들의 인식이 큰 몫을 차지했으리라 생각한다.

와세다 유치원은 2시면 수업이 모두 끝났지만 그 후로도 3시까지 유치원 정원을 아이들에게 개방해 주었고 대부분의 엄마는 그곳에서 계속해서 아이들을 놀려주었다. 그리고 3시가 지나면 몇몇 엄마들은 유치원 옆 놀이터로 이동했고 아이들은 그곳에서 또 놀이를 이어갔다.

이런 일과는 1년 내내 이어졌다. 찌는 듯한 무더위 속에서도 한겨울 추위 속에서도 아이들은 아랑곳하지 않고 매일매일 지칠 때까지 원 없이 뛰어놀았다.

일본 애니메이션을 보면 드넓은 잔디밭에 온 가족이 돗자리를 깔고 하하 호호 웃으며 즐거운 시간을 보내거나 아이가 자전거를 타고 신나게 초록빛 들판을 달려가는 장면들이 자주 나오는데 난 그런 장면들을 보면서도 저건 만화니까 현실과는 상관없이 이상적인 모습들을 그려놓은 것이겠지 하고 생각했었다. 하지만 일본에 와보니 그게 꼭 만화 속 모습만은 아니라는 사실을 알게 되었다. 싱그러운 자연 속에서 신나게 뛰어노는 아이들, 그것은 도쿄의 아주 평범한 일상 중 하나였다.

일본에 있을 때 친하게 지내던 호주에서 온 한 가족이 있었는데 그 가족과 함께 신주쿠 교엔이라는 공원으로 소풍을 갔을 때의 일이었다. 잔디밭 위에 돗자리를 깔고 그 위에서 어른들은 어른들끼리 수다를 떨고 아이들은 또 아이들끼리 잔디밭을 신나게 뛰어다니며 깔깔대고 있었다. 그 모습을 흐뭇하게 바라보던 호주인 아빠가 우리에게 이렇게 말을 건넸다.

"아, 참 보기 좋네요. 애들은 원래 저렇게 뛰어다니면서 놀아야 하는 건데 말입니다. 요즘 애들은 맨날 집에서 텔레비전이나 보고 게임이나 하고 참 걱정이에요."

순간 나도 모르게 웃음이 터져 나왔다.

"아니, 지금 무슨 소리 하시는 거예요. 호주에서 오셨잖아요! 저희야 한국에서 왔으니 그렇다 치지만 호주에서 오신 분이 도쿄에 와서 이런 얘기를 하신다니 너무 웃겨요. 호주야말로 아이들이 매일매일 뛰어노는 곳 아닌가요?"

그러자 그 아빠가 말했다.

"호주요? 아이고, 멜버른은 이렇지 않아요. 애들이 잔디밭에서 스포츠는 종종 하긴 하는데 열매 줍고 벌레 잡고 이런 거는 잘 안 해요. 호주에는 독충도 많고 또 뱀도 많고 해서 위험하기도 하고요. 애들 맨날 게임만 합니다."

그 후로도 항상 도쿄의 이런 자연 친화적이고 평화로운 삶에 너무나 만족해하며 앞으로도 계속 도쿄에서 살고 싶다고 말하는 그 가족을 보면서 우리가 각 나라에 대해 가지고 있는 이미지들이 사실은 현실과 얼마나 다른가 싶은 생각에 참 재밌었던 기억이 난다.

한번은 도쿄에 온 지 얼마 되지 않았을 때 만 4세 반에 있던 한 한국 엄마와 점심을 같이 한 적이 있었다. 그 엄마는 이미 일본에 8년 정도 살았다는 베테랑이었는데 한국 아이들과 일본 아이들에 대한 이야기를 나누다가 내게 이런 말을 해주었다.

"일본 아이들은 어려서부터 엄청나게 뛰어놀기 때문에 확실히 어떻게 놀아야 하는지 노는 법을 알아요. 그런데 요즘 가끔 한국에 들어가 보면 한국 아이들은 노는 법을 잘 모르는 것 같더라고요. 뭔가 꼭 주변에 장난감이 있어야 하고 놀아주는 어른이 있어야 하고요."

처음에는 어느 정도 수긍은 하면서도 솔직히 조금 갸우뚱했었다. 일본에 너무 오래 살아서 한국을 잘 모르시는 건가 이런 생각도 들고 말이다.

하지만 일본 생활을 마치고 한국으로 다시 돌아온 나는 그 엄마의 말이 무슨 말이었는지 금세 알 수 있었다. 우리 아이들은 한국에 돌아가서도 어디를 가든 따로 장난감이 필요 없었다. 그저 밖에만 내보내 주면 나뭇잎을 줍고, 흙을 만지고, 벌레를 찾아 돌아다니며 주변 모든 것들을 다 놀잇감으로 이용했다.

하지만 한국에 돌아와 한국 친구들을 만날 때는 항상 장난감이 있어야 했다. 요즘 유행하는 무슨 팽이가 필요하고 또 무슨 카드가 필요하다는 것이었다. 친구들은 돌멩이를 가지고 노는 것도 벌레를 찾으러 돌아다니는 것도 별로 좋아하지 않는다면서 말이다. 그런데 생각해보면 꼭 요즘 애들 얘기만도 아니다. 서울 토박이인 나만 해도 딱히 자연을 벗 삼아 뛰어놀아본 유년 시절의 기억이 거의 없으니까.

1년 6개월간의 일본 생활은 우리 아이들에게 장난감이나 특별한 도구가 없이도 어떻게 하면 신나게 놀 수 있는지 그 방법을 알려주었다. 그리고 어디를 가든 지루해하지 않고 스스로 놀 거리를 찾으며 활기차게 뛰어노는 아이들의 모습은 내게 큰 기쁨이자 즐거움이기도 했다.

그렇다. 우리 아이들은 어릴 때 좀 놀아본 아이들이었다. 그리고 나는 나에게는 없는 그런 즐거운 어린 시절을 가지고 있는 우리 아이들이 참 부럽다.

곤충들아 고마워!
- 연우 이야기

아이들을 처음 일본 유치원에 보내고 우리 부부가 가장 관심을 기울였던 것은 아무래도 아이들의 일본어였다. 아이들이야 시간이 흐르면 당연히 잘 해낼 것이라 굳게 믿으면서도 막상 유치원에 보내고 보니 신경이 안 쓰일 수가 없었다. 가끔은 한국에서 미리 조금 준비를 해올 걸 그랬나 싶기도 하고 또 어떻게 해야 지금이라도 좀 더 빨리 일본어를 익히게 해줄 수 있을까 고민도 되고 말이다.

남편은 아침마다 아이들에게 간단한 일본어 문장들을 외우게 했고 내게 아이들을 위한 일본어 과외 선생님을 한번 알아보는 것은 어떻겠냐는 제안도 했지만 나는 왠지 그런 방법들이 마음에 들지 않았다. 우리는 이미 일본에 살고 있지 않았던가. 이런 완벽한 환경을 바로 옆에 두고 외국어를 그것도 아이들의 첫 외국어를 그런 방식으로 접하게 하고 싶지는 않았다. 그래서 내가 선택한 방법은 아이들을 일본 친구들과 함께 놀게 하는 것이었다. 최대한 자주 그리고 또 최대한 많이.

다행히도 와세다 유치원은 이런 방식을 택하기에 최적의 환경이었다. 앞서서도 이야기했지만 일본의 아이들에게는 밖에서 끊임없이 뛰어노는 것이 그저 매일매일의 평범한 일상이었다. 유치원이 끝나고도 유치원 정원에서 또다시 뛰어놀았고 유치원 정원이 문을 닫으면 그다음에는 그 옆 놀이터로 가서 다시 뛰어놀았다. 이런 일과는 보통 매일 4~5시까지 이어졌고 우리 아이들은 그중에서도 항상 가장 늦게까지 남아있었다.

사실 이 시간은 아이들보다는 나에게 훨씬 더 힘든 시간이었다. 유치원이 끝나고 아이들을 놀리는 시간은 일본 엄마들에게는 말 그대로 친목의 장이었다. 서로 삼삼오오 무리를 지어 수다 삼매경에 빠져 있는 일본 엄마들 틈에서 일본어라고는 한마디도 하지 못했던 나는 멀찌감치 떨어져 마치 투명 인간이라도 된 듯 몇 시간을 혼자 서 있어야만 했다. 그러니 이 어찌 힘들지 않을 수 있었겠는가. 하지만 그래도 나는 꿋꿋이 아이들을 매일매일 일본 아이들과 함께 놀게 했다. 힘들어도 어찌 되었든 겪어야 할 일이라 생각했다.

그런데 이런 나와 달리 아이들은 이 놀이 시간을 너무나 즐거워했다. 처음에는 말도 한마디 안 통하는 친구들 사이에 끼어 어색하고 힘들어할 거라 생각했었는데 아이들은 의외로 일본 친구들 사이에 금세 아주 잘 스며들었다. 시간이 조금 지나고 나서 알게 된 사실인데 말 한마디 통하지 않던 이 꼬꼬마 친구들을 그 누구보다 가까운 사이로 대동단결하게 만들어 주었던 것은 다름 아닌 작디작은 곤충 친구들이었다.

일본은 전 세계적으로도 곤충 관련 문화가 무척이나 발달한 나라였다. 그래서인지 아이들 특히 남자아이들 사이에서는 곤충 채집이 놀이문화의 아주 큰 부분을 차지하고 있었다. 유치원 자체에 곤충채집 소풍이라는 공식적인 프로그램이 있어서 가을이 되면 아이들이 모두 함께 직접 만든 곤충 채집통을 들고 소풍을 떠날 정도였으니 그 인기는 미루어 짐작할 수 있으리라. 어려서부터 살아 움직이는 것이라면 그 무엇이든 열광했던 우리 아이들에게 이보다 더 즐거운 놀이가 어디에 있었을까. 말이 통하지 않는 것 따위는 문제가 되지 않는 듯했다.

게다가 여러 가지 규칙이 있어 친구들에게 그 규칙을 배워야 하는 다른 놀이에 비해 곤충채집은 딱히 규칙조차도 없었으니 일본어가 서툰 우리 아이들에게는 더할 나위 없이 좋은 기회였다.

우리 아이들은 그렇게 유치원의 다른 일본 친구들과 함께 매일매일 곤충을 찾아다녔고 그 과정에서 아이들의 일본어도 쑥쑥 자라났다. 몇 달이 지나자 오히려 남편보다도 더 자연스러운 일본어를 구사하며 유치원 친구들과 아무 문제 없이 어울려 놀 수 있을 정도가 되었으니 말이다. 그리고 워낙에 타고난 책벌레였던 큰아이 연우는 그 놀이가 정말 너무도 재미났는지 어느새인가 부터는 틈만 나면 곤충에 관한 책을 찾아보고 거기서 얻은 지식을 일본어로 여기저기 뽐내고 다니는 통에 유치원 내에서도 소문난 곤충 박사로 일 년 내내 이름을 날렸다.

처음에는 그런 아이들을 보면서 그냥 어린 시절의 작은 취미 정도리라 생각했는데 신기하게도 우리 아이들은 4학년이 된 지금까지도 여전히 곤충학자라는 꿈을 이어가고 있다. 아직도 곤충 얘기만 나오면 두 눈을 반짝거리고 어디를 가든 수풀만 있으면 그 안으로 뛰어들어 곤충들을 찾느라 여념이 없다.

동네 공원에서 직접 채집한 사마귀알을 부화 시켜 집에서 애완용으로 사마귀를 키우는가 하면, 3학년 때는 둘이 손을 잡고 학교 내에 곤충 관련 공식 동아리를 만들기도 했다. 그 후 동네의 다른 친구들 사이에서도 뜬금없는 곤충채집 바람이 불기도 했을 정도니 곤충에 대한 두 아이의 열정이 분명 평범한 수준은 아닌 듯하다.

특히나 큰 아이는 한국의 학교에서도 이미 소문난 곤충 박사로 알려져 있어 한번은 담임 선생님에게 아이의 곤충에 대한 지식이 그냥 취미 정도의 가벼운 수준은 아닌 것 같다는 이야기를 진지하게 듣기도 하고 요즘은 나와 남편마저도 아이가 정말 나중에 곤충학자가 되는 것은 아닐까 상상을 해보기도 할 정도이니 정말 우리 집에서 미래의 파브르라도 나오게 될지 누가 알겠는가. 하하.

어려서부터 살아 움직이는 것들에 관심이 많은 아이이긴 했지만 어쩌다 이렇게까지 곤충을 좋아하게 된 걸까 싶어 하루는 아이에게 직접 물어보았더니 아이는 아니나 다를까 이런 답을 내놓았다.

"옛날에 와세다 유치원에 처음 갔을 때 우리가 일본말을 하나도 못했잖아요. 그래서 친구들하고 놀기가 힘들었는데 어느 날 타이가 우리

한테 와서 곤충 찾기를 같이 하자고 하더라고요. 그래서 같이했는데 그게 너무 재밌어서 타이랑 친구들이랑 맨날 곤충을 찾아다니다 보니까 이렇게 좋아하게 된 거지요."

나는 그저 아이들을 신나게 뛰어놀게 했을 뿐이었는데 아이들은 그 안에서 친구들을 사귀고, 일본어를 익히고 게다가 곤충학자라는 꿈까지 얻게 되었으니 예상치 못한 놀이의 힘에 깜짝 놀랄 수밖에 없었다.

예전에 어디에선가 이런 이야기를 들은 적이 있다. 요즘 가장 효자, 효녀는 말을 잘 듣는 아이도, 공부를 잘하는 아이도 아니고 바로 하고 싶은 것이 있는 아이라고 말이다. 그런 면에서 본다면 우리 아이들은 지금 이미 세상 최고의 효자들이 아닐까 나는 문득문득 그런 생각을 해본다.

타이야 고마워! 곤충들아 고마워! 너희들 덕에 내가 이렇게 효자 아들들을 두게 되었구나!

나는 그저 아이들을
신나게 뛰어놀게 했을 뿐이었는데

예상치 못한 놀이의 힘에
깜짝 놀랄 수밖에 없었다.

엄마와 아이가 함께 다니는 유치원

일본어라고는 한마디도 할 줄 모르던 내가 아이들을 일본의 현지 유치원, 그것도 구립 유치원에 보내겠다고 했을 때 많은 사람이 내게 참 용감하다고 이야기했었다. 하지만 사실 당시에는 그게 도대체 뭐가 용감한 일인지 딱히 공감이 되지 않았다.

어차피 아이들의 적응이야 뭐 아이들의 몫이고 내가 해야 할 일이란 유치원에 데려다주고 데려오는 것뿐이 아니던가. 남편이 일본어를 잘했기 때문에 가끔 특별한 일이 있을 때는 남편과 함께 유치원에 가면 그만이고 아주 기본적인 이야기들은 영어로 소통하면 되리라 생각했었다. 별로 문제 될 것이 없어 보였다. 미국 유치원도 아니고 프랑스 유치원도 아니고 중국 유치원도 아니고 다름 아닌 일본 유치원이 아니던가. 기본적으로 한국의 유치원과 별반 다를 게 없을 거라 생각했다.

하지만 유치원에 들어간 첫날부터 나의 이런 예상은 무참히 깨어지고 말았다. 와세다 유치원은 내가 한국에서 보내던 유치원과는 하나에서부터 열까지 완전히 다른 곳이었다.

우선 와세다 유치원은 2시면 모든 유치원 프로그램이 다 끝났다. 아이들을 위한 방과 후 활동이라든가 돌봄 서비스 같은 것이 전혀 없어서 2시 이후로는 모두 것을 다 엄마들이 책임져야 했다. 그리고 셔틀버스도 없어서 등·하원도 모두 다 엄마들의 몫이었고 가장 중요한 건 도시락을 싸서 들고 다녀야 했다. 세상에 도시락이라니. 아침에 집 앞에서 셔틀버스를 태워 유치원에 보내고 5시에 데리러 가기만 하면 모든 게 끝이었던 한국에서의 삶과는 천지 차이였다.

셔틀버스가 없는 것 이외에도 등·하원 방식 역시 한국과는 사뭇 달랐다. 유치원의 등원 시간은 8시 50분부터 9시까지로 딱 정해져 있었다. 정확하게 8시 50분이 되면 유치원의 문이 열렸고 9시가 되면 다시 문이 닫혔다. 아이가 9시보다 늦어지게 되면 무슨 일이 있어서 늦는지 전화로 연락을 해주는 것이 원칙이었다. 하원 방식 역시 무척 특이해서 매일 1시 50분까지 모든 엄마들이 유치원 정원에 모여 아이들과 함께 선생님의 종례 사항을 들은 뒤에야 헤어질 수 있었다.

엄마들의 일은 이뿐만이 아니었다. 와세다 유치원에는 PTA라고 하여 학부모회가 있었는데 유치원의 모든 엄마들이 다 이 학부모회에 참여해야 했다. 보통 방학식과 개학식에 전체 PTA 모임이 있었고 PTA 안에는 또 유치원 기념 앨범을 만드는 앨범 팀 (아이의 유치원 생활 1년을 기념하는 기념 앨범도 엄마들이 직접 만들었다!), 송별회를 준비하는 송별회 팀, 떡 만들기 행사를 준비하는 떡 만들기 행사 팀 등등이 있어 팀별로도 1년 내내 꾸준히 모임이 있었다. 그 외에도 여름 축제 기간에는 엄마들이 모두 모여 몇 주간 유치원을 꾸미고 소품을 만드는 등 행사 준비를 도왔고 가끔은 다 함께 모여 유치원 대청소를 하기도 했다.

여기에 더해서 유치원 내부의 공식적인 학부모 참여 프로그램도 아주 많았다. 한 학기에 한두 번 정도 공개수업이 있었고 공개 수업이 끝난 뒤에는 선생님과 함께 유치원 생활에 대한 의견을 나누는 시간도 이어졌다. 그 외에 한 학기에 한 번씩 개인 면담도 있었고 가끔 후레아이 타임이라고 해서 아이와 엄마가 함께 몸을 부딪쳐 가며 노는 놀이 시간도 있었으며 여름 축제와 운동회 전에는 몇 번에 걸쳐 아이와 함께 행사를 준비하는 시간을 가졌다. 학예회, 음악회, 떡 만들기 행사, 송별회 등 모든 행사에는 다 엄마들이 함께했고 몇몇 행사 때는 엄마들이 다 같이 모여 연습을 해서 아이들을 위한 합창과 율동을 선보이기도 했다.

유치원 활동과는 상관없는 엄마들의 모임도 물론 있었다. 새로운 아이와 엄마가 들어올 때마다 매번 환영 모임이 있었고 할로윈과 크리스마스 때는 아이들을 위해 따로 파티를 열어 주기도 했다. 이처럼 와세다 유치원 엄마들의 모임은 1년 내내 끝이 없이 이어졌다.

2학기에 호주에서 한 가족이 새로 들어와 친하게 지냈었는데 그 집 아빠가 와세다 대학의 방문 교수였다. 하루는 유치원에서 만난 그 아빠에게 요즘은 어떤 주제에 대해 연구하고 계시냐고 물었더니 그 아빠가 이런 답을 내놓았다.

"아, 원래는 일본사 전공입니다. 그런데 요즘은 연구 분야를 좀 바꿨어요. 요새는 와세다 유치원에 대해서 연구 중입니다! 유치원 활동 때문에 연구고 뭐고 할 시간이 없네요!"

지친 표정으로 한숨을 푹 쉬면서 이렇게 답하는 그 아빠를 보며 너무 웃기면서도 또 동시에 너무 공감이 가서 한참을 깔깔댔었던 기억이 난다.

상황이 이러하다 보니 우리는 우스갯소리로 아이가 유치원을 다니는 것이 아니고 아이와 엄마가 함께 유치원을 다닌다고 말하곤 했다. 전혀 틀린 말이 아니었다. 아이가 유치원에 가 있는 시간은 고작 5시간뿐인데 그 5시간을 위해 나는 아침 일찍 일어나 도시락을 싸고 시간에 맞춰 유치원으로 향하고 1주일에 적어도 2~3번 정도는 어김없이 각종 유치원 모임에 참여해야 했으며 매일 1시 50분이면 아이와 함께 선생님의 종례 말씀을 들어야 했다.

아이의 유치원 행사는 곧 나의 행사였고 아이의 선생님은 곧 나의 선생님이었으며 아이의 친구들은 곧 나의 친구들 같은 느낌이었다. 말 그대로 아이들이 와세다 유치원을 다녔던 그 1년 동안 나도 그 유치원을 함께 다닌 셈이었다.

한국의 유치원들은 엄마의 참여를 최소화하는 것을 미덕으로 여겼다. '아이가 유치원에 있는 동안은 아무 걱정하지 않으셔도 좋습니다.

믿고 맡겨 주세요. 저희가 잘 돌보겠습니다.'가 한국 유치원들의 전형적인 모토였다면 와세다 유치원의 모토는 '아이와 함께 행복한 유년 시절의 추억들을 만들고 싶으신가요? 저희가 도와드리겠습니다.'와 같은 느낌이었다. 유치원 생활의 주체는 어디까지나 엄마와 아이들이고 선생님들은 엄마와 아이들이 유치원 생활을 통해 더 많은 추억을 만들며 함께 성장해 나갈 수 있도록 옆에서 그 방법을 알려주고 도움을 주는 존재들이었다.

물론 아이들과 함께했던 그 와세다 유치원에서의 1년이 마냥 행복했었다고 할 수만은 없다. 특히나 나의 경우에는 언어 문제로 꽤 큰 어려움을 겪었기에 일본어에 어느 정도 익숙해질 때까지 정말 하루하루가 스트레스였고 매달 유치원 일정표를 받아 들 때마다 '뭐가 또 이렇게 많은 거야!' 하며 한숨부터 쉬었던 것도 사실이다.

하지만 매번 그렇게 투덜투덜하면서도 유치원에서의 한 행사 한 행사를 끝마칠 때마다 또 아이들과의 추억이 하나씩 하나씩 늘어갈 때마다 나는 마음속 깊은 곳으로부터 진심으로 행복함을 느꼈다. 유치원 생활이 정말 너무너무 힘이 들면서도 아이러니하게도 시간이 지나면 지날수록 나는 이 유치원이 점점 더 좋아졌다. 참 알다가도 모를 일이었다. 결국 그곳은 아이들에게뿐만 아니라 엄마인 나에게도 마성의 유치원이었던 것이다.

화장을 하고 자전거를 탄 엄마 부대

와세다 유치원은 일본의 아주 평범한 구립 유치원 중 하나였기 때문에 학부모들 역시 모두가 평범한 일본의 중산층 시민들이었다. 그렇다 보니 나는 같은 반 엄마들을 통해 보통의 일본 엄마들이 아이를 어떻게 키우는지는 물론이고 어떤 사고방식을 가지고 어떻게 생활을 하는지까지 아주 자세하게 들여다볼 수가 있었다. 일본 엄마들의 삶은 내가 한국에서 살아왔던 한국 엄마들의 삶과는 비슷한 듯 보이면서도 또 여러 가지 면에서 굉장히 많이 달랐다. 일본은 역시 참 가깝고도 먼 나라였다.

와세다 유치원에 다니기 시작하고 첫 몇 주간은 아이들도 나도 유치원에 적응하느라 바빠 주변을 둘러볼 여유가 없었다. 하지만 어느 정도 시간이 흐르자 나는 같은 반의 일본 엄마들 사이에서 뭔가 신기한 점을 하나 발견할 수 있었다. 그건 바로 대부분의 엄마가 화장을 하고 있었다는 점이었다. 그것도 아주 제대로. 앞서서도 얘기했지만 와세다 유치원의 엄마들은 어쩌다가 한 번씩 만나는 사이들이 아니었다.

아침 등원 시간과 오후 하원 시간에 하루 두 번씩 매일매일 보게 되는 사이였음에도 모두가 그렇게 하루도 빠지지 않고 아주 곱게 화장을 하고 나타났다. 피부와 눈썹, 립스틱은 물론이고 마스카라에 아이섀도, 그리고 볼 터치까지 하고 말이다. (내가 아는 한 한국 엄마는 아이를 도쿄의 한 영어 유치원에 보내고 있었는데 그곳의 어떤 엄마들은 화장은 물론이고 하이힐을 신고 아이를 등원시킨다고 했다!)

명품백에 화려한 옷차림은 아니더라도 항상 단정하고 깔끔한 복장에 곱게 화장을 하고 나타나는 일본 엄마들을 보며 나는 참 신기하다는 생각이 들었다. 아침이면 아이 도시락까지 싸서 8시 50분에 유치원에 도착해야 하는데 어떻게 매일 저럴 수가 있지? 게다가 일본 엄마들은 대부분 차를 운전하지 않고 자전거를 타고 다녔다. 아침마다 곱게 화장을 하고 아이를 자전거 뒤에 태운 채 유치원에 도착해 활짝 웃으며 서로 반갑게 인사를 나누는 한 무리의 일본 엄마들의 모습은 단언컨대 내가 일본에서 만난 가장 이국적인 풍경 중 하나였다.

그 외에도 일본 엄마들은 모든 면에서 지극히도 부지런하고 성실한 사람들이었다. 아침에 아이의 도시락을 싸는 것은 물론이고 남편의 도시락까지 싸는 경우도 많았고 집에 모르는 사람을 들이기 싫어하는 문화와 비싼 인건비 탓에 가사도우미를 고용하는 일은 아예 생각도 하지 않는 듯했다. 배달 음식 문화가 발달하지 않아 음식을 배달 시켜 먹는 일도 거의 없었고 가족들끼리 외식을 하는 경우도 우리처럼 흔치 않았다. 다른 엄마들에게 들어보니 달님반에서도 가장 멋쟁이였던 한 엄마는 매일 아침 5시에 일어나 아이의 도시락을 싸고 가족들의 아침밥을 준비하고 예쁘게 화장도 한다고 했다.

여름 즈음에 둘째 아이를 출산했던 한 엄마도 잊을 수가 없다. 숨이 턱턱 막힐 듯한 한여름 도쿄의 무더위 속에서도 그 엄마는 만삭의 몸으로 유치원의 모든 활동에 다 참여했다. 그때 마침 아이들의 여름 축제가 있어 엄마들의 모임이 정말 많았는데도 단 한 번도 빠진 적이 없었다. 한창 여름 축제를 준비하던 중 한 엄마가 그 엄마에게 물었다.

"축제 때는 아기가 너무 어려서 못 오겠네요? 아쉬워요."

그러자 그 엄마가 잠시 생각을 해보더니 밝게 웃으며 이렇게 대답을 하는 것이 아닌가.

"아니에요. 그때는 아기가 계속 잠만 잘 때라 상관없을 것 같아요."

순간 나는 내 귀를 의심했다. 출산하자마자 그렇게 빨리 아이들 여름 축제에 오겠다고? 내가 일본어가 부족해서 잘못 알아들은 거겠지 싶었다. 그런데 그게 아니었다. 그 엄마가 정말 출산을 한 지 얼마 되지도 않은 그 시점에 유치원 여름 축제에 참여한 것이다! 세상에나.

일본은 우리나라와 달리 산후 조리원 문화가 따로 없어 엄마들이 출산 후에도 금방 다시 일상에 복귀하는 듯했다. 그 뒤로도 그 작은 둘째 아이를 품에 안고 매번 환하게 웃으며 내게 인사를 건네던 그 엄마를 보면서 나는 일본 엄마들의 그 성실함에 그저 놀라고 또 놀랄 수밖에 없었다.

그 외에도 일본의 엄마들은 굉장히 검소하기도 했다. 엄마들끼리 모임을 하더라도 음식값이 만 원 이상을 넘어가는 곳에서 모인 적이 없었고 아예 도시락을 싸서 만난 적도 몇 번 있었다. 자판기의 천국이라 불릴 만큼 자판기가 넘쳐나는 도시였지만 일본 엄마들의 손에는 언제나 휴대용 보온병이 들려 있었고 웬만한 거리는 모두 걷거나 자전거를 이용했다. 어디 하나 허투루 돈을 낭비하는 일이 없어 보였다.

하지만 그렇다고 해서 일본 엄마들이 무조건 아끼기만 하며 무미건조한 삶을 살고 있었는가 하면 또 그렇지도 않았다. 한 번은 유치원 엄마들이 동네에 있는 한 고급 호텔에서 아이들의 할로윈 파티를 하겠다고 연락을 해온 것이다. 무척 의외라고 생각했었는데 알고 보니 그 호텔에서 아이들을 위해 무료로 제공하는 할로윈 프로그램을 이용하는 것이었다. 자신들 나름대로 여러 가지 유용한 정보들을 적극적으로 활용해서 알뜰하지만 또 현명하게 소비를 해나가는 모습이 내게는 무척이나 인상적이었다.

남편은 이런 일본 엄마들의 모습을 보고 일본에서는 전업주부도 일본인 특유의 그 직업적 개념으로 접근하는 게 아니겠느냐고 추측했다. 그러고 보면 그런 듯도 했다. 매번 유치원에서 일본 엄마들을 만날 때면 마치 회사에 출근해서 직장 동료들을 만나는 것만 같은 그런 느낌이 들었으니 말이다. 뭐랄까 직업 주부들 같은 느낌이었달까. 일본 엄마들에게 전업주부란 열심히 공부해서 대학까지 나왔는데 어쩌다 보니 집에 주저앉아 애나 보고 설거지나 하는 불쌍한 신세 같은 것이 아닌 듯했다.

일본은 대기업에 다니든 버스를 운전하든 혹은 편의점에서 아르바이트를 하든 그 무슨 일을 하든지 간에 깔끔하게 복장을 갖춰 입고 자신에게 주어진 일을 성실하고 부지런하게 해나가는 것을 미덕으로 생각하는 사회였다. 그리고 다른 여느 직업들과 마찬가지로 그러한 문화가 전업주부들에게도 똑같은 적용되는 듯한 모습이 내게는 꽤 신선하게 다가왔다.

한국에 돌아온 뒤 이런 일본 엄마들의 모습에 대해 글을 쓴 적이 있었다. 그런데 그 글이 의도치 않게 수많은 사람들에게 공개되면서 그 밑으로 다양한 댓글들이 달렸는데 그 댓글들의 대부분은 부정적인 내용이었다. 많은 사람들이 전업주부들이 도대체 왜 화장을 해야 하는지, 출산 후 얼마 되지 않은 시점에서 왜 유치원 활동에까지 참여해야 하는지 이해할 수 없다며 아직도 이런 전근대적 사고를 가지고 살아가는 일본의 여성들이 불쌍하고 처량하다며 비난의 목소리를 높였다. 그런 댓글들을 보면서 나는 여러 가지 생각들이 들었다.

내가 본 달님반의 엄마들은 그냥 열심히 사는 사람들이었다. 다른 여느 직업들처럼 전업주부로서 자신이 맡은 일을 책임감 있고 성실하게 해나가는 그런 사람들. (물론 내 기준에서 보면 조금 과하다 싶기도 했다) 처량하고 불쌍하다고 하기에는 모두들 너무 밝았다. 물론 지금까지 이야기한 이런 일본 엄마들의 모습을 모두 다 배우고 따라 해야 한다고 생각하지는 않는다. 전업주부들은 모두 아침 일찍 일어나 도시락을 싸고 화장을 해야 한다고 주장하는 글은 더더욱 아니다. (사실 나는 전업주부일 때는 물론이고 회사에 다닐 때도 제대로 된 화장이라고는 한 번도 해본 적이 없는 사람이다. 내가 만약 전업주부도 화장을 해야 한다는 글을 썼다면 내 주변의 모든 사람들이 아마도 배꼽을 잡고 웃었으리라) 우리의 문화와 그들의 문화가 다른데 우리가 그들의 문화에 맞추어 살아가야 할 이유가 어디에 있겠는가. 하지만 그게 무엇이든 부지런하고 책임감 있게 자기 일을 해나가려는 자세만큼은 높게 평가받아야 할 부분이 아니던가. 나는 그저 부지런하게 열심히 살아가는 그 엄마들의 모습이 보기 좋았다.

전업주부가 전업주부로서 자신이 맡은 가사와 육아를 부지런하고 성실하게 해나가는 것이, 그리고 거기에 더불어 아침에 조금 더 일찍 일어나 자신을 꾸미는 것이 뭐가 그렇게 전근대적인 사고이며 불쌍하고 처량한 일인지 나는 잘 이해가 되지 않았다.

만약 내 글이 '프랑스' 여성들에 관한 이야기였다면, '판사'인 여성이 출산 후 얼마 되지 않은 시점에 다시 일에 복귀하여 최선을 다했다는 내용이었다면, 혹은 직장을 그만두고 전업주부가 된 '남성들'이 마치 회사에 다닐 때처럼 매일 아침 깔끔하게 면도를 하고 머리를 매만진 뒤 아이를 유치원에 데려다주는 내용이었다면 그때도 그렇게 똑같이 불쌍하고 처량하다는 반응들이 이어졌을까?

전업주부로 꽤 오랜 시간을 보내온 나로서는 이 글을 쓰고 있는 지금

이 순간도 무척이나 궁금하다. 도대체 우리에게 여성이 전업주부가 된다는 것은 어떤 의미를 갖는 것일까? 전업주부로서 열심히 산다는 것은 과연 그렇게 불쌍하고 처량한 일일까? 전업주부는 직업이 될 수는 없는 걸까? 우리에게 전업주부란 도대체 무엇일까?

도대체 우리에게
여성이 전업주부가 된다는 것은
어떤 의미를 갖는 것일까?

우리에게 전업주부란
도대체 무엇일까?

우리의 배려 문화는 어디쯤 와 있을까?

일본에 가기 전에 한 인터넷 카페에 아이들을 일본 유치원에 보내는 문제에 관한 질문을 올린 적이 있었는데 그 글에 달린 많은 댓글 중에 이런 내용이 있었다. 아이가 외국인으로 등록이 되면 일정 기간 한국인 통역 선생님이 아이의 옆에서 적응을 돕는다는 것이었다. 하지만 당시에는 일본에 간다는 것 자체가 아직 잘 실감이 나지 않았을뿐더러 딱 보기에도 너무 비현실적인 내용이라 '한국인 통역 선생님이라니 설마. 말도 안 돼.' 하는 마음으로 그냥 대수롭지 않게 넘겨버렸었다.

그리고 한참이 지나 일본에 도착해서 와세다 유치원에 면접을 보러 갔다. (일본 유치원들은 입학 전에 아이와 학부모의 면접을 보는 과정이 있다) 면접을 무사히 마치고 궁금한 것을 물어보는 시간이 되자 문득 그 댓글 내용이 떠올랐다. 혹시나 하는 마음에 한번 물어나 볼까 하고 망설이던

차에 유치원 원장 선생님과 원감 선생님께서 먼저 말을 꺼내셨다.

“아직 일본어를 잘하지 못하는 외국인 아이들을 위해 신주쿠구에서 일본어 지원 프로그램을 운영하고 있는데 신청하시겠습니까?”

그러잖아도 아이들의 일본어 문제로 꽤 고민 중이었던 우리는 당연히 ‘네’라고 대답했고 그 후부터 우리에게는 정말 놀라운 일들이 벌어졌다. 사실 우리가 국제 유치원이나 사립 영어 유치원 같은 곳을 배제하고 아이들을 일본의 현지 구립 유치원으로 보내게 된 데에는 비용적인 측면도 상당한 부분을 차지했다. 와세다 유치원의 경우 한 달 원비가 7만 원 정도였고 그나마도 두 아이를 함께 보내게 되면 형제 할인이 되어 둘이 합쳐 총 10만 원 정도여서 거의 공짜나 다름이 없었기 때문이다. 하지만 와세다 유치원에서, 정확히 말하자면 와세다 유치원을 관할하고 있는 신주쿠구에서 외국인인 우리를 위해 제공해주는 프로그램들은 그야말로 상상을 초월하는 수준이었다.

우선 아이들이 유치원 생활에 잘 적응할 수 있도록 우리 아이들만을 위한 개별 통역 선생님이 배치되었다. 아이들을 맡은 선생님은 당연히 한국어가 가능한 한국인 선생님이셨고 일주일에 두 번, 하루에 두 시간씩 무려 한 학기가량이나 도와주셨다. 그뿐만이 아니었다. 개인 면담이나 학교에 특별 행사가 있을 시에는 요청만 하면 학부모를 위한 통역 담당자도 따로 배치되었다. 가끔은 신주쿠구의 담당자가 우리 아이들이 잘 적응을 하고 있는지 함께 와서 직접 상담을 해주기도 했다. 물론 이러한 지원 프로그램들은 모두 무료였다.

그런데 놀라운 일은 거기서 끝이 아니었다. 와세다 유치원에서는 한 달에 한 번씩 월별 일정표를 나누어 주었는데 신주쿠구에서 일본어에 익숙하지 않은 우리를 위해 그 일정표를 매달 영어와 한국어판으로 따로 제작해서 준비해 준 것이다! 며칠 전 이 글을 쓰기 위해 따로 모아 두었던 그 일정표들을 꺼내서 읽고 있었는데 옆에서 남편이 이런 말을 건넸다.

"대단해, 진짜. 단순히 우리 때문에 이걸 굳이 따로 만든 거잖아?"

생각해 보니 정말 그랬다. 와세다 유치원, 그중에서도 달님 반에서 한국어 일정표를 필요로 하는 가족은 딱 한 가족, 우리밖에 없었다. 그런데 한 가족만을 위해 신주쿠 구청에서는 매달 시간과 노력을 들여 따로 한국어 일정표를 만드는 수고를 마다하지 않았던 것이다. 참으로 놀라운 일이 아닐 수 없었다.

이방인에 대한 이러한 배려는 단순히 정부나 유치원 차원에서만 끝나지 않았다. 새로 달님반의 일원이 된 우리 가족을 위한 학부모 환영 모임이 있었을 때였다. 달님반의 한 엄마가 조용히 우리에게 다가와 이렇게 물었다.

"이렇게 하면 연우와 은우가 친구들의 이름을 잘 알아보고 익힐 수 있을까요?"

그 엄마가 보여준 커다란 종이에는 선생님과 달님반 친구들 한 명 한 명의 사진이 붙어 있고 그 밑에 각각 이름이 적혀 있었는데 잘 보니 선생님과 친구들의 이름이 히라가나뿐 아니라 한글로도 함께 적혀 있는 것이었다! 세상에나. 우리는 절대 가르쳐준 적이 없는데 어떻게 그 이름들을 다 한글로 알아냈으며 또 누가 그걸 일일이 다 한글로 적었는지도 참 대단할 뿐이었다.

한 번은 일본에 온 지 한 달이 조금 넘었을 때 급작스럽게 일이 생겨 잠시 한국에 다녀왔는데 그때 한국 과자들을 좀 챙겨다가 유치원 친구들에게 선물로 나누어 준 적이 있었다. 각각의 선물 위에 친구들의 이름을 히라가나와 한글로 함께 적어서 스티커로 붙여주었는데 몇몇 엄마들은 그 스티커를 떼어 자기 아이의 이름표에 따로 붙여 주었다. 우리 아이들이 그 스티커에 적힌 한글 이름을 보고 좀 더 쉽게 자신의 아이를 기억할 수 있도록 말이다. 아, 정말이지 일본인들의 그 세심한 배려란!

와세다 유치원을 졸업하고 구립 소학교에 입학했을 때는 이런 일도 있었다. 소학교 입학 전 학부모 교육 프로그램이 있었는데 그때 나누어 준 단체 안내문에 영어와 한국어, 중국어는 물론이고 태국어와 네팔어, 그리고 미얀마어가 함께 적혀 있었던 것이다. 아마도 그 학교의 예비 1학년 학부모 중에 태국인과 네팔인, 그리고 미얀마인이 있었으리라.

이처럼 일본인들의 배려는 그냥 보여주기식의 형식적인 것이 아니었다. 그들은 아주 체계적으로 도움이 필요한 사람들을 찾고 그 사람들에게 아주 구체적이고 실질적인 도움을 주려 애쓰고 있었다. 그것은 뭔가 특별한 지위를 가지고 있는 소수의 외국인에게만 적용되는 시스템이 아니었다. 우리 가족처럼 뭐 하나 특별할 게 없던 정말 평범한 외국인들에게도 이러한 모든 혜택이 다 주어진다는 것이 내게는 정말 신선한 충격이었다. 이러한 일본 특유의 배려 문화와 시스템은 대부분의 우리나라 사람들이 그러하듯 '흥! 일본?'이라는 생각을 가지고 있던 내게 '아! 일본!'이라는 생각의 전환을 가져다준 가장 큰 계기가 되어 주었다.

1년 반의 일본 생활을 마치고 한국에 돌아오고 나니 한국과 일본의 다른 점들이 더 확연하게 눈에 들어왔다. 그중 가장 눈에 띄었던 건 단연 타인에 대한 배려심이었다. 우리는 내가 아닌 남에게 어느 정도의 배려를 하고 있을까? 우리의 배려 문화는 과연 어디쯤 와 있을까?

매뉴얼을 사랑하는 사람들

거주든 여행이든 잠시라도 일본에 다녀와 본 적이 있는 사람이라면 쓰레기 하나 없는 깨끗한 거리라든가 혹은 언제 어디서든 질서 정연하게 줄을 서서 조용히 자신의 차례를 기다리는 사람들의 모습에 다들 한 번쯤 놀라 본 경험이 있을 것이다. 나는 그동안 일본 이외에도 나름 많은 나라를 여행해 보았지만 분명 일본인들의 질서 의식은 그 어느 나라와 비교해보아도 견줄 수 없을 만큼 인상적인 것이었다. 그렇다면 그들은 도대체 어떻게 이렇게 모두가 높은 질서 의식을 가지게 된 걸까? 태어날 때부터 몸 안에 어떤 특별한 유전자라도 숨겨져 있었던 걸까? 물론 그럴 리 없다.

일본은 특정 상황에서 어떤 식으로 행동해야 하고 또 무엇을 준비해야 하는지에 대해 알려주는 안내문, 즉 매뉴얼을 무척이나 중시하는 사회였다. 일상생활의 거의 모든 것들이 다 매뉴얼에 따라 움직인다고 해도 과언이 아닐 만큼 일본 사회에는 그렇게 수많은 매뉴얼들이 존재했다. 하지만 사실 그런 매뉴얼들도 그걸 따르는 사람들이 없다면 무용지물이 될 수밖에 없는데 일본에서는 신기하게도 모든 사람이 다 이 매뉴얼들을 하나같이 철저하게 지키고 있었다. 도대체 어떻게 그럴 수가 있을까? 나는 우리 아이들을 와세다 유치원에 보내면서 이 질문에 대한 작은 실마리를 찾을 수가 있었다. 그것은 단연코 교육의 힘이었다.

와세다 유치원에서는 아직 만 5세밖에 되지 않은 아이들에게도 지켜야 할 수많은 규칙이 있었다. 우선 아이들은 매일 아침 모두가 똑같은 유치원 원복 반바지에 유치원 가방, 그리고 유치원 모자를 쓰고 등원해야 했다. 원복 반바지의 오른쪽 주머니에는 늘 손수건과 휴지를 넣어서 다녀야 했고 왼쪽 가슴에는 일 년 내내 노란색 명찰을 달고 다니는 것이 규칙이었다. 유치원 가방 안에는 매일 컵 주머니에 담긴 개인 컵과 개인용 수건, 그리고 도시락 가방이 들어있어야 했고 도시락 가방 안에는 도시락과 수저통에 담긴 수저, 그리고 도시락을 펼쳐 놓고 먹을 수 있는 런치 매트가 필수였다.

그 외에도 매주 월요일에는 세탁을 마친 실내화와 노란색 야외활동용 모자를 준비해 가야 했다. 와세다 유치원은 교실 내에서 신는 실내화와 유치원 정원에서 놀 때 신는 실내화가 엄격하게 구분되어 있었기에 실내화는 반드시 두 쌍을 준비해야 했고 아침에 쓰는 모자는 등·하원 시에만 사용했기 때문에 그 외의 다른 야외 활동을 할 때는 또 따로 간편한 노란색 모자를 사용해야 했다.

여름철이면 수영복, 수영모자, 그리고 수영용 수건이 담긴 수영 가방과 그날 수영이 가능한지 당일 아침 체온과 신체 상태를 적어 내는 체온 카드를 준비해야 했고 그 외에도 그날그날 제출해야 할 각종 신청서와 지불 대금, 도서관에 반납할 책, 외부활동용 물통 등등이 또 그때그때 제각각 필요했다. 커다란 유치원 가방 안에 수저 하나만 달랑 넣어서 보내면 따로 신경 쓸 것이 없었던 한국 유치원에서의 생활과는 모든 면에서 너무도 달랐다.

나는 매일 아침 이 모든 준비물을 하나하나 빠짐없이 준비하면서도 속으로는 솔직히 좀 의아했다. 이제 겨우 만 5살인 아이들인데 이 아이들에게 굳이 이렇게 많은 세세한 규칙들이 다 필요할까? 어차피 서로 이름을 아는데 명찰은 첫 한 달 정도만 착용해도 될 것 같고 굳이 개인 휴지를 준비하지 않고 유치원에 있는 휴지를 써도 될 텐데 싶고, 매일매일 모자는 왜 써야 하며 등·하원용 모자와 야외활동용 모자를 굳이 구분할 필요가 있는지, 유치원 정원에서 놀 때는 아침에 신고 온 신발을 신어도 될 것 같은데 야외 활동용 실내화는 굳이 또 왜 필요한지, 개인용 컵은 유치원에 두고 다녀도 될 듯한데 그건 또 왜 매일매일 가지고 다녀야 하는지 한국인인 나로서는 여러모로 이해되지 않는 부분이 많았다.

하지만 지금 와서 생각해 보면 그 모든 준비물이 아이들의 생활에 꼭 필요한 것들이기도 했지만 또 한편으로는 앞으로 수많은 규칙에 둘러

싸여 모든 것들을 하나하나 다 세심하게 지키며 살아가야 하는 진정한 일본인이 되기 위한 하나의 과정인 듯싶기도 하다.

와세다 유치원에서 제공하는 매뉴얼은 이 외에도 수없이 많았다. 각종 행사 때는 어떤 식으로 행사를 준비하는지에 대한 대략적인 매뉴얼이 이미 다 정해져 있어서 선생님과 엄마들은 그 큰 틀에 맞춰 구체적인 부분만 조금씩 변형하는 식이었고 몇몇 행사 때는 아이들은 물론 엄마, 아빠들에게도 전반적인 드레스 코드가 주어졌다.

아이들을 소학교에 보내고 나서 동물원으로 첫 소풍을 가게 되었을 때 학교에서 나누어준 안내문도 무척 인상적이었다. 안내문에 적혀 있는 소풍 준비물은 다음과 같았다.

도시락

물통 (부족할 경우를 대비하여 500mL 페트병을 하나 더 준비)

간식 (200엔 이하, 껌과 더운 날씨에 녹을 수 있는 초콜릿은 금지)

1인용 돗자리

쓰레기 봉지

손수건

휴지

물티슈

동물 체험 시 무릎에 깔 개인용 수건

우비 (비가 올 경우를 대비)

학교에서 미리 나누어준 소풍 안내문

배낭 (란도셀이 아닌 종류)

일본의 각종 매뉴얼은 아니 뭐 이런 것까지 알려주고 준비시키나 싶을 만큼 지극히도 구체적이고 상세했다.

이처럼 어려서부터 늘 이런 환경 속에서 이와 같은 교육을 받고 자란 일본인들에게는 아무리 소소한 것일지라도 각각의 규칙을 인지하고 그 규칙에 충실하게 따르는 것이 무척이나 익숙하고도 당연한 일일 듯싶었다. 사회의 한 구성원으로서 그 사회가 자신에게 요구하는 세세한 지침들을 거부감 없이 다 받아들이고 또 그에 맞추어 자신의 역할을 충실하게 수행해 나가는 것, 그것이야말로 일본 사회의 커다란 미덕이자 일본 교육의 아주 중요한 부분 중 하나인 것 같았다.

하지만 요즘처럼 전 세계적으로 사회의 전반적인 틀 자체가 급격한 변화를 겪고 있는 시점에서 자신에게 주어진 그 틀 안에만 갇혀 있는 듯 보이는 일본 사회의 모습은 조금 답답한 면도 없지 않아 보였다. 자신에게 주어지는 수많은 매뉴얼과 규칙들, 그리고 그 안에서 그것들을 하나하나 지키며 최선을 다해 성실하게 살아가는 사람들, 그것은 아이러니하게도 지금까지 일본 사회를 이끌어온 가장 큰 힘이자 또 동시에 요즘 같은 격변의 시대에 일본의 변화와 발전을 가로막는 가장 큰 장애물이기도 한 게 아닐까 생각해 보았다.

재난에 대처하는 그들의 자세

처음 남편의 유학 장소가 일본으로 결정되었을 때 주변의 많은 사람이 지진에 대해 걱정을 해주었다. 일본에서의 거주를 생각하는 사람이라면 누구든 분명 지진에 대한 두려움으로부터 완전히 자유로울 수는 없을 것이다. 실제로 우리도 도쿄에 있는 1년 반 동안 '이게 뭐지?' 싶은 애매한 순간부터 '아, 누가 봐도 이건 지진이구나.' 하는 확신이 드는 정도까지 제법 다양한 지진을 경험했었다.

하지만 의외로 도쿄에 있는 동안 지진으로 인해 일상이 힘들 정도로 두려운 마음이 들었던 적은 거의 없었다. 우선 비슷한 상황을 몇 번 겪고 나니 그 상황에 대해 익숙해진 것이 가장 큰 이유였고 그다음으로는 지진에 대한 주변 사람들의 반응이 워낙 차분해서 나도 그 분위기에 그대로 묻어가게 되었다.

일본 사람들에게 지진은 자연재해이기 이전에 그저 일상의 한 부분인 듯싶었다. 한 번은 잡화점에서 쇼핑을 하다가 지진을 경험했는데 누구라도 느낄 수 있을 만큼 바닥이 제법 흔들렸음에도 불구하고 주변 사람들이 크게 동요하지 않고 하던 일을 계속하는 모습에 내심 놀랐었던 기억이 있다.

일본 사람들이 이토록 지진에 차분하게 대처할 수 있는 것은 과연 어떤 이유에서일까? 물론 지진 발생 빈도 자체가 워낙 높기에 살면서 익숙해진 것이 가장 큰 이유이겠지만 일본에서 아이들을 유치원과 소학교에 보내고 보니 일본인들이 어려서부터 받은 교육의 힘도 분명 무시하지 못할 부분이라는 생각이 들었다.

이전 글에서도 적었듯, 일본은 특정 상황에서 무엇을 준비하고 어떻게 행동해야 하는지에 대한 매뉴얼이 일상생활의 수많은 부분을 장악하고 있는 사회여서 지진과 같은 자연재해 역시 예외일 수 없다. 일본의 유치원과 소학교에서 매년 나누어주는 준비물 리스트에는 지진 방재 두건(지진이 발생했을 때 머리를 보호하기 위해 사용하는 커다란 모자)이 항상 빠지지 않았는데 아이들은 지진 상황을 대비해 이 두건을 항상 의자에 걸어 두고 있어야 했다.

"엄마, 지진이 일어났을 때는 말이에요, 잘 보세요. 이렇게 가까이 있는 물건으로 머리를 보호하고 탁자 밑에 들어가서 기다리고 있어야 해요. 이렇게요."

어느 날 유치원에서 돌아온 아이들이 오늘 배운 내용이라며 내게 동작까지 곁들여 가면서 꽤 자세하게 설명을 해주었다. 유치원에서 배운 지진 대처법이 무척이나 인상적이었던지 아이들의 표정은 사뭇 진지해 보였다. 평소에도 유치원에서는 아이들을 대상으로 지진 대비 훈련을 제법 자주 하는 듯했고, 가끔은 학부모가 함께 참여하는 프로그램도 있었다.

아이들의 소학교 입학식 때 있었던 일도 인상적이었다. 매뉴얼의 나라답게 그날도 입학식과 관련된 수많은 안내문이 주어졌는데 그중에는 입학식 도중 지진이 일어났을 경우 어떻게 대처해야 할지에 대한 안내문도 있었다. 지진이 그들의 일상에 얼마나 깊게 파고들어 있는지 그리고 그러한 일상에 그들은 또 얼마나 철저하게 대비하고 있는지 느낄 수 있었던 순간이었다.

지진 대비 훈련 이외에 수영 교육도 무척 눈여겨볼 부분이었다. 일본은 수영이 아이들의 정규 교육과정에 포함이 되어 있어서 대부분의 구립 유치원과 소학교 내에 자체 수영장이 있었고 여름이면 그곳에서 아이들이 정기적으로 수영 수업을 했다.

한 달에 10만 원이 채 되지 않는 금액으로 보내고 있는 구립 유치원에 자체 수영장이 있다니 그야말로 놀라운 일이 아닐 수 없었다. 물론 이 수영 수업은 여름에만 진행되었고 또 20명 가까이 되는 아이들이 함께 수업을 듣다 보니 높은 수준의 수업을 기대할 수는 없었지만 그래도 아이들이 물을 무서워하지 않고 물과 가까워질 수 있는 계기를 만들어 준다는 데에서 무척 만족스러웠다. 그리고 이처럼 공교육 자체에서 수영을 중시하는 분위기다 보니 일본 부모들 역시 아이들에게 수영을 가르치는 것을 필수로 생각하고 있는 듯했다. 주변의 일본 아이들이 가장 많이 받는 사교육 중 하나가 영어나 음악, 미술이 아닌 바로 수영이었으니 말이다.

그렇다면 일본은 언제부터 이렇게 유치원과 학교마다 수영장을 만들고 수영 수업을 시작하게 된 걸까? 마치 우리나라의 세월호 참사처럼 일본에서도 1955년 수학여행을 떠난 아이들이 타고 있던 배가 침몰하여 많은 어린 학생들이 목숨을 잃는 안타까운 사고가 있었는데(시운마루호 침몰 사고) 그 사고 이후로 일본의 수영 교육이 지금과 같이 강화되었다고 한다. 그래서인지 일본 공교육 시스템 내에서의 수영 교육은 스포츠로서의 수영이라기보다는 생존을 위한 수영으로서의 목적이 강해 보였다.

아이들이 소학교에 입학한 후 한 번은 학교에서 수영 수업 관련 안내문이 나왔는데 평상시 입는 옷을 입고 수영하는 훈련을 할 예정이니 여벌의 옷을 준비해 달라는 내용이었다. 처음 그 안내문을 받아 든 나는 아니 도대체 왜 옷을 입고 수영을 하는 거지 하고 순간 고개를 갸우뚱했었다. 그런데 안내문을 잘 읽어보니 아이들이 불의의 사고를 당해 준비가 되지 않은 상태에서 옷을 입은 채로 물에 빠졌을 때 어떻게 대처해야 하는지에 대해 훈련을 한다는 것이었다. '아, 이들의 교육은 그저 보여주기식으로, 형식적으로 하는 것이 아니구나. 정말 아이들의 삶에 도움을 주기 위한 것이구나.' 하는 생각이 들어 무척 감탄했던 기억이 난다.

살다 보면 자연재해나 불의의 사고는 누구에게든 닥칠 수 있는 일이다. 지식을 쌓고 감성을 키워 이 사회의 훌륭한 인재를 만들어내기 위한 교육도 물론 중요하겠지만 아이들이 살아가면서 겪을 수 있는 이러한 위험한 순간들에 제대로 대처할 수 있도록 실질적으로 도움이 되는 교육을 함께 행해나가는 것 역시 우리 교육에서 잊지 말아야 할 부분이 아닐까 하고 일본에서 아이를 키우며 생각해보게 되었다.

와세다 유치원에 대한 오해와 진실

"와세다 유치원이라니 정말 명문 유치원을 다니다 오셨나 보네요!"

사람들과 와세다 유치원에 관한 이야기를 나누다 보면 종종 이런 말을 듣곤 했다. 아마도 '와세다'라는 이름이 주는 그 무게감 때문이리라. 사실 나 역시도 처음 와세다 유치원을 선택할 때 와세다라는 그 이름이 주는 느낌이 좋아서 선택한 면이 없지 않았기에 다른 사람들이 그런 말을 하는 것을 이해 못하는 바도 아니다. 하지만 결론부터 이야기하자면 내가 우리 아이들을 보냈던 그 와세다 유치원은 일본의 명문 사립대학인 와세다 대학과는 조금도 관련이 없는 곳이었다.

우리 아이들이 다니던 그 와세다 유치원은 신주쿠 구청 관할하에 있던 구립 유치원, 그러니까 우리로 따지자면 공립 유치원 중 한 곳이었다. 그러니 사립재단인 와세다 대학과는 당연히 전혀 관련이 없을 수밖에. 우리가 살던 지역의 이름 자체가 와세다였고 그래서 그 유치원 역시 그 지역의 이름을 따서 와세다 유치원이라고 이름 지었을 뿐이었다.

내가 앞부분에서 언급했던 70년이 넘는 역사를 가진 유치원이라는 부분도 와세다 유치원을 조금 특별하게 느껴지게 했을지 모르겠다. 하지만 이 역시 일본에서는 그다지 특별한 일이 아니었다. 일본 사람들은 원체 옛것을 잘 보존하는 문화를 가지고 있었고 도쿄, 그중에서도 특히 신주쿠는 아주 오래전부터 개발이 된 지역이라 동네 구석구석 오래된 곳들이 참으로 많았다. 하다못해 집 주변의 작은 음식점이나 상점만 해도 100년이 넘는 곳들을 심심찮게 발견할 수 있을 정도였으니 구립학교나 유치원이라면 말해 무엇하겠는가. 실제로 우리 아이들이 와세다 유치원을 졸업하고 다녔었던 토츠카 다이치 구립 소학교는 우리 아이들이 입학하던 해가 무려 개교 141주년이었다. 그러니 70년의 역사란 그 지역의 구립 유치원들에는 그다지 특별할 일도 아니었다.

와세다 유치원의 교육방식 역시 일본의 다른 평범한 여타 구립 유치원들과 크게 다르지 않았다. 학습보다는 놀이를 중심으로 이루어지는 커리큘럼, 자연과 함께 하는 수많은 야외활동, 아이의 자율성과 책임감을 중시하는 교육은 와세다 유치원만의 독특한 문화가 아니라 일본의 취학 전 공교육이 추구하는 전반적인 방향이었다. 우리와는 전혀 다른 어느 먼 나라 이야기가 아니라 우리와 모든 면에서 비슷할 것이라 여겨지던 일본의 유치원 분위기가 생각했던 것과는 다르다는 사실이 아마도 많은 사람에게 상당히 신선하게 느껴졌고 그것이 일본의 전반적인 문화가 아니라 와세다 유치원이 어떤 특별한 유치원이어서 그런 분위기인가 하고 생각하게 했을 것이다. 하지만 다시 한번 말하건대 그렇지 않다. 와세다 유치원은 그저 아주 평범한 구립 유치원 중 한 곳일 뿐이었다.

아이들을 1년 동안 와세다 유치원에 보내면서 놀랐던 점 중 엄마들의 유치원 활동 참여 부분 역시 빼놓을 수 없다. 사실 와세다 유치원에 대해서 한국 엄마들과 이야기를 나누다 보면 다들 와세다 유치원의 그 교육방식에 감탄하며 한국에도 그런 유치원이 있다면 당장이라도 아이를 그곳에 보내보고 싶다고 이야기하곤 했다. 하지만 그러다가도 일본 엄마들의 그 엄청난 유치원 활동 참여 이야기가 나오면 분위기가 갑자기 싸늘하게 식어버렸다. 어떤 사람은 그렇게까지 해야 하는 일본의 여성들이 불쌍하다고 이야기하기도 했고, 또 어떤 사람은 사회 분위기나 시스템이 그러하니 일본 여성들의 사회 진출이 힘든 것이라며 비판하기도 했다.

사실 나 역시도 일본에서 1년 반 동안 살면서 일본 사회의 그 지극히도 보수적인 측면이나 또 일본 여성들에게 적용되던 그 엄격한 사회적 잣대에 깜짝 놀랐던 적이 적지 않았기에 그런 의견들을 이해 못하는 바는 아니다. 하지만 와세다 유치원에서 보았던 엄마들의 유치원 활동 참여는 그것과는 조금 다른 측면에서 바라보아야 한다고 생각한다.

일본에는 보육원이라고 해서 워킹맘들만 아이를 보낼 수 있는 기관이 따로 있다. 만 3세부터 입학이 가능한 유치원과 달리 보육원은 그보다 훨씬 더 어릴 때부터 아이를 맡길 수 있고 엄마들이 편하게 일할 수 있도록 보육 시간도 훨씬 더 길다고 한다. 급식도 있어서 엄마들이 도시락을 쌀 필요가 없고 엄마들의 보육원 활동 참여도 거의 없다고 들었다.

그리고 전업주부들이 아이를 맡기는 유치원 역시 그 종류가 상당히 다양하다고 한다. 나도 처음 와세다 유치원에 들어갔을 때는 일본의 모든 유치원이 다 그렇게 엄마들의 엄청난 참여를 요구하는 줄 알고 깜짝 놀랐었다. 하지만 다른 엄마들의 이야기를 들어보니 다 그런 것은 아니었다. 사립 유치원들의 경우 유치원마다 다 각각의 상황이 달라서 어떤 곳은 급식이 있기도 하고, 또 어떤 곳은 셔틀버스가 있기도 하고 엄마들의 참여 활동의 범위도 유치원마다 다 제각각 천차만별이라고 했다. 그중 구립 유치원은 사립 유치원보다 교육비가 상당히 저렴했고 그래서인지 유독 엄마들의 참여 활동을 많이 요구하는 분위기였다. 교육비가 저렴한 대신 그에 맞춰 엄마들의 노동력을 이용하고 있는 셈이랄까.

그러니까 일본 엄마들에게는 선택권이 있었다. 본인의 성향에 맞춰 유치원을 선택할 수 있도록 말이다. 그래서인지 요즘 일본에서도 엄마들 사이에서 구립 유치원이 인기가 별로 없다고 들었다. 실제로 우리가 와세다 유치원에 들어갈 때도 정원이 많이 미달된 상태여서 쉽게 등록할 수 있었으니 말이다.

결국 와세다 유치원의 엄마들은 특별한 경우가 아니면 대부분 전업주부, 그중에서도 특히 엄마의 참여가 많이 요구된다는 것을 알면서도 자발적으로 그 유치원을 선택한 사람들이었다. 그러니 그 엄마들에게 사회적 분위기나 시스템 때문에 어쩔 수 없이 자신을 희생한 불쌍한 사람들이라는 이미지를 덧씌우는 것은 맞지 않는다고 생각한다.

그리고 아이의 유치원 활동에 참여하는 일은 의외로 긍정적인 측면도 많이 있었다. 물론 하루가 멀다 하고 참여해야 했던 유치원의 그 각종 활동이 힘들지 않았다고 한다면 그것은 분명 거짓말일 것이다. 나 역시 오랜 시간을 전업주부로 지냈던 사람으로서 전업주부가 얼마나 힘든 일인지 그리고 그런 전업주부에게 아이가 유치원에 가 있는 그 몇 시간이 얼마나 절실한지를 누구보다 잘 알고 있다.

하지만 지금 와서 돌이켜 보면 내가 아이들을 키우면서 가장 힘들었던 것은 육체적인 측면보다 정신적인 측면이었던 것 같다. 매일매일 똑같은 하루, 늘 혼자 아이들을 돌보며 느꼈던 외로움, 더 이상 성장하지 않고 그 자리에서 계속 맴돌고 있는 것만 같은 나 자신을 보는 일이 무척이나 힘들었다. 그래서 이런 상황들에서 벗어나고자 아이들이 유치원에 간 그 시간 동안 영화도 보고 책도 읽고 미술관도 가고 새로운 것을 배워보기도 하고 또 때로는 동네 엄마들을 만나 수다도 떨어봤지만 그것만으로는 채워지지 않는 그 무엇인가가 늘 마음 한구석을 차지하고 있었다.

그런 나에게 와세다 유치원에서의 활동들은 꽤 신선한 자극이었다.

함께 모여 유치원의 각종 행사를 준비하면서 엄마들은 각자 자기가 가진 재능들을 유용하게 활용했다. 피아노를 잘 치는 엄마는 행사 때 반주를 맡았고, 사진을 잘 찍는 엄마는 가끔 졸업앨범에 들어갈 아이들의 사진을 찍었다. 컴퓨터 디자인에 재능이 있는 엄마는 졸업앨범 팀에 들어가 아이들을 위한 멋진 졸업앨범을 만드는 데 참여했고 붓글씨를 잘 쓰는 엄마는 행사 때마다 근사한 붓글씨로 각종 소품을 만드는 데 일조하기도 했다.

아이 얘기, 남편 얘기에서 벗어나 각자가 가진 재능들로 함께 도와가며 하나의 프로젝트를 완성해 가는 일은 내게는 정말 오랜만에 느껴보는 작지만 소중한 성취감들이었다. 그리고 그러한 노력의 결과물들이 아이들과 함께 하는 소중한 추억으로 다시 태어날 때면 그 즐거움은 배가 되었다.

선생님과 엄마들 사이에 두터운 신뢰감이 생긴다는 것도 엄마들의 유치원 활동 참여가 불러오는 좋은 점 중 하나였다. 유치원의 거의 모든 활동에 엄마들이 다 참여하고 있었기에 엄마들은 선생님들을 의심하거나 불안해하지 않았고 선생님들 역시 엄마들의 의견이나 요구를 불편하게 받아들이지 않았다. 결국 엄마들과 선생님들은 한배를 타고 있는 한 팀이나 다름이 없었다. 그리고 그렇게 한 팀이 된 엄마들과 선생님들은 서로를 견제하는 대신 그 모든 에너지를 다 아이들을 위해 사용할 수 있었으니 이 또한 의미 있는 일이었다.

물론 와세다 유치원의 시스템이 모두 완벽했다고는 생각하지 않는

다. 때로는 불합리한 점도 보였고 한국인인 나로서는 이해하기 힘든 점도 많이 있었다. 하지만 이 책에서는 굳이 그런 내용은 적지 않았다. 앞서서도 이야기한 적이 있지만 사실 나는 일본에 가기 전까지 일본에 대해서는 전혀 아는 바도 관심도 없던 사람이었다. 그런 내가 고작 1년 반 동안 살았던 그 경험을 바탕으로 그 나라의 문화를 비판한다는 것이 조금은 어불성설이라 느껴졌기 때문이다.

그리고 처음에는 이해되지 않았던 그들의 그런 문화가 시간이 지나면서 조금씩 이해되기 시작했던 것을 보면 잘 알지도 못하는 상태에서 나만의 잣대로 누군가의 문화를 함부로 판단한다는 것이 과연 옳은 일인가 싶기도 하고 말이다.

한국에 돌아오고 난 뒤 한참이 지나 가족여행으로 다시 도쿄를 찾았을 때의 일이다. 오랜만에 와세다 유치원 엄마들을 만나 이런저런 이야기를 하다가 한국의 학교에서는 여행도 학업의 연장이라 생각해서 여행으로 인한 결석은 결석으로 치지 않는다는 이야기를 해주었다. 그러자 일본 엄마들이 진심으로 깜짝 놀라는 눈치였다. 역시 한국은 대단하다며 일본에도 그런 제도가 있었으면 좋겠다고 모두 부러워했다.

모든 일에는 엄격한 원리 원칙이 있고 그 원리 원칙을 지키는 데는 절대 예외를 두지 않는 문화 속에서 살아온 그들에게 우리가 가지는 그 융통성 있고 유연한 사고가 분명 깜짝 놀랄만한 신선함으로 다가갔을 것이라 생각한다. 우리가 확실하게 원리 원칙을 지키는 일본 사람들의 그 모습을 부러워하는 것처럼 일본 사람들은 우리가 가진 그 유연

하고 융통성 있는 사고를 부러워하고 있었다. 결국 사람은 누구나 자기가 갖지 못한 것에 대해 부러움을 느끼게 되는 것이리라.

나는 내 글들을 통해 사람들이 일본의 교육방식이 옳다거나 혹은 우리의 교육방식이 틀렸다고 느끼기를 바라지 않는다. 어떤 교육방식이든 모두 각각의 장단점이 있을 테니 말이다. 나는 그저 내 글들을 통해 많은 사람이 우리가 미처 생각해 보지 못했던 부분들을 발견하고 그 부분들에 대해 다시 한번 생각해 볼 수 있는 기회를 가져보게 되기를 바랄 뿐이다.

PART 2

추억이 쌓인다, 가족이 자란다

아이의 일상을 공유한다는 것

앞서서도 이미 말한 적이 있듯 와세다 유치원은 아이와 엄마가 함께 유치원을 다닌다는 말이 어울릴 만큼 엄마들의 유치원 참여 활동이 엄청나게 많은 곳이었다. 일본에 처음 도착했을 당시 일본어를 전혀 하지 못했던 나는 조금도 예상하지 못했던 이런 상황이 무척 당혹스러울 수밖에 없었고 졸지에 스무 명 가까이 되는 일본 엄마들 사이에 덩그러니 끼어 무엇을 어떻게 해야 할지 도무지 갈피를 잡지 못했다.

결국 일본어에 능숙한 남편이 나설 수밖에 없었다. 한국에 있을 때는 회사 일이 너무 바빠서 아이들의 유치원 입학식 때도 오지 못했을 만큼 유치원과는 전혀 거리가 멀었던 남편이었지만 다행히 일본에서는 유학 중이라 비교적 시간 여유가 있어서 유치원 활동에 적극적으로 참여할 수가 있었다. 그렇게 우리는 1년이라는 시간 동안 아이들은 물론 나와 남편까지 온 가족이 모두 와세다 유치원에서의 생활에 푹 빠져서 지내다 왔다.

와세다 유치원에는 셔틀버스가 없었기 때문에 우선 우리는 아이들의 등·하원 길을 함께 해야만 했다. 한국에서라면 차를 몰고 금방 다녀오면 될 일이었지만 불행히도 도쿄에 있는 동안 우리는 차가 없는 뚜벅이 생활을 하고 있었고 엎친 데 덮친 격으로 아이들의 유치원은 집에서 무려 1.5km나 떨어진 곳에 있었다.

툭하면 35도를 넘어가던 도쿄의 지독한 한여름 무더위 속에서도, 바람이 쌩쌩 불던 한겨울의 추위 속에서도, 비가 올 때면 장화에 우비, 우산까지 만반의 준비를 하고 우리는 그렇게 매일매일 왕복 3km를 걸어 유치원을 다녔다. 한국에서라면 정말 상상도 할 수 없는 일이었지만 세상의 모든 일이 다 그러하듯 나름의 재미도 있었다.

무더운 한여름에는 중간에 아이들과 함께 슈퍼에 들러 아이스크림을 사 먹기도 하고 추운 겨울이면 편의점에 들러 따뜻한 어묵과 함께 한숨 쉬어가기도 했다. 무엇보다 등·하원은 온 가족이 함께 걸으며 오늘은 유치원에서 뭘 했는지 친구들과는 어떻게 지냈는지 수많은 이야기를 함께 나눌 수 있는 행복한 시간이었다.

도시락을 싸는 일 역시 마찬가지였다. 처음에는 아침마다 두 개의 도시락을 싸야 한다는 사실에 경악을 금치 못했지만 그것도 하다 보니 어느 정도 적응이 되어 생각만큼 힘들지는 않았다. 아이들은 매일매일 엄마가 싸주는 도시락에 생각보다 더 많은 관심을 보였고 아침이면 오늘의 도시락 메뉴가 무엇인지 무척 궁금해하며 연신 부엌을 들락날락 했다. 집으로 돌아오는 길에 '엄마, 오늘 도시락 맛있었어요!', '엄마, 내일은 도시락 반찬으로 소시지 넣어주면 안 돼요?' 하며 재잘재잘 떠들어 대는 모습을 보는 것도 한국에서는 겪어 보지 못했던 소소한 즐거움 중 하나였다.

매일매일 아이의 유치원 종례 시간을 함께했던 일도 빼놓을 수 없다. 앞서 이야기했듯 와세다 유치원에서는 매일 1시 50분에 유치원의 모든 엄마가 다 유치원 정원에 모여 아이들과 함께 선생님의 종례 말씀을 들어야 했는데 이 시간에 선생님께서는 참으로 여러 가지 이야기들을 해주셨다. 오늘 유치원에서 아이들이 무슨 활동을 했는지 어떤 일들이 있었는지 무슨 일 때문에 아이들이 즐거워했는지 아주 소소한 에피소드들까지 모두 다 들을 수가 있었다.

언젠가 하루는 선생님이 이런 이야기를 해주셨다. 아이들이 여느 때처럼 교실에서 놀이 시간을 보내고 있는데 한 아이가 교실에서 키우던 번데기에서 나비가 나오는 모습을 발견하고는 '어, 나비가 나온다!'하고 소리를 질렀다는 것이다. 그러자 모든 아이가 다 그 번데기 주위로 몰려들어 조용히 지켜보다가 마치 약속이나 한 듯이 한목소리로 '간바레! 간바레! (힘내라! 힘내라!)'하고 응원을 해주었다는 것이었다.

7살짜리 꼬꼬마들이 조그마한 번데기 하나를 둘러싸고 모두 숨죽이며 지켜보고 있다가 다 함께 마음을 다해 큰소리로 힘내라고 소리쳤을 모습을 상상하고 있자니 너무 귀여워서 나도 모르게 슬며시 미소가 지어졌던 기억이 난다. 이처럼 와세다 유치원의 종례 시간은 늘 따뜻한 미소와 유쾌한 웃음이 넘쳐흐르던 너무도 소중한 시간이었다.

2시에 종례 시간이 끝났다고 해서 바로 집으로 돌아가는 것은 아니었다. 와세다 유치원에서는 아이들에게 유치원 정원을 3시까지 개방해 주었는데 많은 엄마가 유치원이 끝나고도 이곳에서 계속해서 아이들을 놀렸다. 우리 역시 마찬가지였다. 이 시간을 통해 우리는 아이들이 유치원에서 어떤 놀이를 하는지 친구들과는 어떻게 지내는지 누구와 친한지 등 아이들 유치원 생활의 많은 부분을 엿볼 수가 있었다.

그리고 이렇게 매일매일 모두가 다 함께 모이다 보니 유치원의 모든 아이가 다 내 아이들처럼 느껴지기도 하고 또 아이들 역시 다른 엄마들을 마치 자기 엄마처럼 가깝게 느꼈다. 늘 외계어 같은 말을 사용하고 가끔 어리숙하게 일본어를 구사하던 나를 아이들은 무척이나 신기해했고 종종 내게로 다가와 재잘재잘 떠들어대기도 했는데 그게 그렇게 귀여울 수가 없었다. 마치 아이의 친구가 내 친구인 것처럼 나는 그렇게 하루하루 한 명 한 명의 아이들과 모두 특별한 우정을 쌓아 갔다.

사실 한국에서는 아이들을 유치원에 보내면서도 막상 아이들의 유치원 생활에 대해서는 잘 알지 못했다. 물론 한국의 유치원에서도 유치원의 여러 활동에 대한 각종 안내문과 사진을 보내주었지만 그저 형식적으로만 받아보았을 뿐 그 내용에 쉽게 빠져들지는 못했었다. 하지만 와세다 유치원에서 보냈던 그 1년 동안만큼은 나와 남편 모두 아이들의 유치원 생활을 온전히 공유하고 있었다. 남편과 나는 아이들이 없이 둘만 있을 때도 자주 유치원 이야기를 했다.

"오늘 팽이치기 대회는 료가 우승했다는데?"
"그래? 그럴 줄 알았어. 료가 그런 거 잘하잖아."

"마리코랑 미리야가 친한 거 보면 너무 귀엽지 않아?"
"맞아. 딱 보면 무슨 큰언니랑 막냇동생 같은데 말이지."

한국에서는 아이들이 유치원에서 있었던 이야기들을 아무리 떠들어대도 그냥 건성건성 대답만 할 뿐 그 모습이 전혀 머릿속에 그려지지 않았는데 와세다 유치원에서 보냈던 그 1년 동안만큼은 아이들이 유치원 이야기를 하면 마치 내가 그 자리에 아이와 함께 있었던 것처럼 그 모습이 너무도 생생히 머릿속에 그려졌다. 그렇게 우리는 아이들과 함께하지 않은 시간의 소소한 일상들까지도 함께 할 수 있었다.

일본 생활을 마치고 다시 한국으로 돌아온 후에도 우리는 아이들과 와세다 유치원에서의 생활과 친구들에 대해 자주 이야기를 나누었다. 타이는 아직도 곤충채집을 좋아할지, 젠은 아직도 우리가 가르쳐준 한국말을 하고 있을지, 히나는 아직도 아이돌이 되는 것이 꿈일지 궁금해하면서 말이다.

아이의 삶으로 들어가 아이의 눈높이가 되어 아이의 소소한 일상을 함께 한다는 것은 생각했던 것보다 훨씬 더 값진 경험이었다. 우리는 그 1년간의 시간을 통해 조금 더 서로를 이해하게 되었고 또 조금 더 가까운 사이가 되었고 그렇게 수많은 추억을 공유한 하나의 가족이 되었다.

평범하면서도 평범하지 않은 일상
- 아빠 이야기

일본 생활의 첫 한두 달 정도는 그야말로 전쟁터가 따로 없었다. 대충 영어로 하면 되겠지 하는 마음으로 아무 생각 없이 남편을 따라온 일본이었는데 세상에 영어가 이렇게나 통하지 않을 줄이야. 말 한마디 못하는 상황에 애까지 둘이나 딸려 있다 보니 도무지 내가 할 수 있는 일이 아무것도 없었다. 게다가 이런 상황에서 갑자기 일본 엄마들 사이에 끼어 수많은 유치원 활동에 참여해야 하니 내가 받는 스트레스는 말 그대로 극에 달해 있었다. 결국 나와 남편은 우리가 지금까지 함께 해오면서 서로 이렇게 많이 부딪쳤던 적이 또 있었나 싶을 정도로 끊임없이 싸워대기 시작했고 그 끝없는 싸움의 과정에서 다행히도 조금씩 해결책을 찾아 나가기 시작했다. 남편이 자의 반, 타의 반으로 아이들의 육아에 적극적으로 동참하게 된 것이다.

우선 아이들의 아침 등원 길은 대부분 남편이 맡았다. 남편에게는 와세다 대학에서 제공해준 개인 연구실이 있었는데 그 연구실이 공교롭게도 아이들의 유치원과 같은 방향이었던지라 남편이 조금 일찍 집을 나서서 아이들을 유치원까지 데려다주고 연구실로 향하면 딱이었다. 그 덕에 나는 아이들을 준비시키고 도시락을 싸느라 분주했던 아침 시간을 보내고 조금이나마 마음의 여유를 가질 수 있었다. 아빠와 함께하는 아이들의 유치원 등원 길은 아빠표 일본어 시간이기도 했다.

아이들과 함께 걸으며 남편은 매일매일 아이들에게 간단한 일본어 표현을 알려주었고 또 아이들은 엄마에게는 물어볼 수 없었던 일본어 관련 질문들을 아빠에게 쏟아냈다. 이런 시간이 쌓이고 쌓여서인지 요즘도 우리 아이들은 아빠를 자신들의 가장 좋은 일본어 선생님으로 생각한다.

일주일에 한 번씩 '엄마의 날'을 만들었던 것도 큰 도움이 되었다. 사실 나는 여행을 무척이나 좋아하는 사람이다. 급작스럽게 미국 서부가 아닌 도쿄로 남편의 유학지가 변경되었을 때에도 크게 아쉬워하지 않았던 것은 도쿄가 그 어느 도시보다도 매력적인 여행지였기 때문이었다. 그런데 막상 도착해보니 아이들의 유치원 생활에 매여 있느라 여행 같은 건 엄두도 낼 수 없었고 결국 나의 불만은 점점 더 쌓여만 갔다. 고심 끝에 나는 남편에게 일주일에 하루는 나만의 시간을 갖겠노라 선언했다. 그날은 등원부터 하원까지 모든 유치원 일정을 다 남편이 맡았고 저녁 식사는 마트에서 판매하는 도시락으로 대체했다.

그렇게 나는 일주일에 그 하루 동안 만큼은 가이드북과 카메라를 손에 들고 도쿄의 구석구석을 누비며 여행자로서의 시간을 만끽할 수 있었다. 일주일에 한 번씩 찾아오던 그 달콤한 휴식의 시간은 낯선 곳에서 두 아이를 키우며 받았던 스트레스를 날리고 남은 일주일을 활기차게 살아갈 수 있게 해주었던 내 도쿄 생활의 가장 큰 원동력이었다.

남겨진 세 명의 남자들도 그 하루 동안 남자들만의 즐거운 시간을 보냈다. 아빠는 엄마와 달리 늘 신나게 몸으로 부딪치며 놀아주었고 엄마라면 허락해주지 않았을 짓궂은 장난들도 너그럽게 넘어가 주었으니 아이들은 아빠와 함께 하는 시간을 언제나 좋아했다. 그리고 엄마가 없는 동안 아빠가 보여주는 재밌는 일본 애니메이션들도 아빠와 아이들을 돈독하게 이어주는 아주 좋은 끈이 되어주었다.

일본에서 나 없이 아이들을 돌보는데 워낙 익숙해진 탓인지 요즘도 남편은 혼자 아이들을 돌보는 것에 큰 부담을 느끼지 않고 우리 아이들 역시 그 어느 집보다 아빠와의 관계가 친밀한 편이다. 그리고 그 덕분에 나는 한국으로 돌아온 뒤에도 종종 세 남자만을 남겨 둔 채 나 홀로 1박 2일 여행 정도는 떠날 수도 있게 되었으니 이 얼마나 긍정적인 변화인지!

우리가 얻은 것은 그뿐만이 아니었다. 시간이 흐르면서 남편은 와세다 유치원의 인기스타가 되었다.

"연우, 은우네 아빠는 어쩌면 저렇게 다정하죠!"

와세다 유치원에 다니던 그 1년 동안 나는 일본 엄마들로부터 저 이야기를 정말 한 수백 번은 들었던 것 같다. 우리나라만큼이나 남자들의 육아 참여가 흔치 않은 일본에서 남편은 꽤 눈에 띄는 존재였기 때문이다.

남편은 남중, 남고를 나와 공대를 졸업하고 대학교 1학년 때 첫사랑으로 나를 만나 9년을 연애하고 결혼한 사람이었다. 그리고 지금 다니는 직장 역시 남성의 비율이 훨씬 더 높은 곳이다. 그러니 일본어를 잘한다고 해도 그런 남편에게 갑자기 일본 엄마들 스무 명 사이에 덩그러니 놓여야 하는 상황이 얼마나 어색하고 힘든 일이었을지는 안 봐도 눈에 선했다. 그럼에도 남편은 민망함을 무릅쓰고 최선을 다해 유치원 활동에 참여했고 그 덕에 나는 수많은 일본 엄마들로부터 부러움 가득한 시선을 잔뜩 받으며 성공적으로 와세다 유치원에서의 1년을 끝마칠 수 있었다.

요즘도 남편은 내가 잔소리를 늘어놓을 때면 제일 먼저 일본에서 본인이 얼마나 훌륭한 아빠이자 남편이었는지 또 일본 엄마들이 그 모습을 얼마나 부러워했었는지 잊었냐며 큰소리를 땅땅 치니 육아에 동참하며 보냈던 일본에서의 그 시간이 남편에게도 결코 밑지는 장사는 아니었으리라 생각된다. 하하.

도쿄에서의 우리 가족의 삶은 평범하면서도 평범하지 않은 일상들이었다. 아이들은 엄마가 싸준 도시락을 들고 아빠 손을 잡고 걸어서 유치원에 갔고 유치원이 끝나면 엄마, 아빠와 함께 유치원 옆 놀이터에서 신나게 뛰어놀고, 집에 오는 길에는 온 가족이 슈퍼에 들러 저녁거리를 사서 네 식구가 함께 따스한 저녁을 나누어 먹었다.

누군가에게는 지극히 평범할 수도 있지만 우리에게는 한 번도 경험해 보지 못한 너무도 새로운 일상이었다. 굳이 도쿄 디즈니랜드에 가지 않아도 고급스러운 료칸에서 화려한 휴식을 즐기지 않아도 그 평범한 일상 자체만으로도 우리의 도쿄 생활은 반짝반짝 빛이 났다. 평범한 일상에 그저 아빠 한 사람만 조금 더 깊숙이 들어왔을 뿐인데도 우리의 삶은 얼마나 많이 달라질 수 있었던지.

나는 아직도 도쿄에서의 삶을 추억할 때면 가족이 온전한 가족으로서 함께 할 수 있었던 그 평범하면서도 평범하지 않은 하루하루의 일상을 가장 먼저 떠올리게 된다.

평범한 일상에 그저 아빠 한 사람만
조금 더 깊숙이 들어왔을 뿐인데도
우리의 삶은
얼마나 많이 달라질 수 있었던지.

가족과 함께 하는 신나는 봄나들이

- 보호자 참가 소풍

새로운 환경에 적응하느라 정신없이 바쁘고도 힘들었던 4월 한 달이 지나가고 봄의 싱그러움이 가득한 5월이 찾아왔다. 유치원에서 받은 한글 월별 일정표를 살펴보니 5월에는 봄 소풍이 계획되어 있는 모양이었다. 그런데 그 봄 소풍에 관한 내용을 살펴보다가 나는 매번 그렇듯 다시 한번 깜짝 놀라고 말았다. 그렇다. 그것은 보호자도 함께 참여하는 보호자 참가 소풍이었던 것이다! 아, 잠시 잊고 있었다. 이곳은 엄마도 아이와 함께 유치원을 다녀야 하는 와세다 유치원이라는 사실을. 하하.

처음엔 아니 이제 유치원에 가다가다 못해 소풍도 따라가야 하는구나, 도대체 아이들 소풍에 보호자는 왜 함께 가야 하는가 하며 한숨을 내쉬었었는데 직접 함께 소풍을 다녀오고 보니 왜 아이들의 소풍에 보호자가 함께 해야 했는지 그 이유를 충분히 이해할 수가 있었다. 그것은 한국에서 상상했었던 유치원 소풍과는 또 다른 무척이나 신선한 시간이었다.

소풍을 며칠 앞두고 유치원에서는 소풍에 관한 안내문을 나누어주었다. 사실 처음 일본에 왔을 때 일본어를 말하고 듣지 못한다는 것도 큰 문제였지만 그보다 더 큰 문제는 일본어를 읽지 못한다는 것이었다. 알파벳을 쓰는 언어였다면 혼자 사전이라도 찾아가며 노력이라도 해봤을 텐데 여기저기 한자가 가득 적힌 유치원 안내문들을 받아들 때마다 나는 매번 머릿속이 하얗게 변해버리곤 했다. 그렇기에 매일매일 유치원에서 쏟아지던 그 수많은 안내문을 한국어로 번역하여 내게 알려주는 일은 남편이 맡은 가장 중요한 임무 중 하나였다.

그리고 그날도 여느 때처럼 남편이 내게 안내문에 적힌 내용을 하나하나 한국어로 번역하여 알려주고 있었다. 안내문에는 소풍에 대한 전반적인 소개와 일정, 준비물들이 적혀 있었고 나는 그저 건성건성 그 내용을 듣고 있었는데 순간 내 귀를 번쩍 뜨이게 한 문장이 있었다.

"카메라는 가져오지 말라고 하네. 소풍이 진행되는 동안 보호자의 사진 촬영이 일절 금지래. 핸드폰으로 촬영하는 것도 안 된대."

나는 순간적으로 내 귀를 의심했다. 아니 도대체 왜? 사실 아이들의 소풍에 보호자가 따라간다면 가서 해야 할 일이 사진 찍는 일 말고 또 뭐가 있단 말인가. 그런데 보호자의 사진 촬영 자체를 일절 금지한다니 나로서는 도무지 이해할 수가 없었다. 하지만 곧바로 이어진 그 이유를 듣고 나서는 나도 모르게 '아!' 하고 탄성을 내지르고 말았다. 유치원에서 보호자의 사진 촬영을 금지하는 이유는 바로 이러했다. 보호자가 사진을 찍느라 막상 아이와 함께 즐겨야 할 시간에 소홀해진다는 것이었다!

생각해 보니 정말 그랬다. 우리에게 진정으로 중요한 것은 과연 무엇인가. 아이와의 시간을 담은 멋진 사진인가 아니면 아이와 함께 한 시간 그 자체인가. 와세다 유치원에서는 아이와 부모가 함께 웃고, 함께 이야기를 나누고, 함께 몸을 부딪치는 그 순간순간을 가장 중요하게 생각했다. 부모는 아이의 유치원 생활을 멀리서 지켜보면서 그 순간을 그저 사진으로만 남기는 사람이 아니라 아이의 유치원 생활 자체를 함께 나누는 사람이었다. 그런 의미에서 와세다 유치원에는 전문 사진기사가 따로 있었다. 유치원의 어떤 행사든 사진은 모두 그분이 찍어주셨기에 부모는 사진 찍는 일에서 벗어나 모든 시간을 온전히 다 아이에게 집중할 수 있었다.

보호자 참가 소풍은 아침 10시에 유치원에서 그리 멀지 않은 곳에 위치한 한 공원인 신주쿠 교엔의 정문 앞에서 모두 함께 만나는 것으로 시작되었다. 등·하원 시간마다 매일매일 보는 얼굴들이었지만 도시락에 돗자리까지 싸 들고 야외에서 만나게 되니 평소와는 또 다른 사뭇 새로운 느낌이 들었다.

5월의 신주쿠 교엔은 아이들과 함께 소풍을 나오기에는 최적의 장소였다. 드넓은 초록빛 잔디밭과 멋들어진 고목들, 파란 하늘과 따스한 봄볕까지 더 이상 부족할 것이 없었다. 소풍은 10시에 시작해서 1시에 끝이 났기 때문에 실제 소풍 시간은 고작해야 3시간 정도밖에 되지 않았지만 마음만은 한 7~8시간은 있다가 온 것만 같은 느낌이 들 만큼 무척이나 알찬 시간이었다.

우선 학부모와 아이들이 함께 몸을 부대끼며 노는 게임이 약 한 시간가량 이어졌는데 그 강도가 정말 장난이 아니었다. 아이와 함께 일어서고, 앉고, 눕고, 구르고, 뛰고, 점프하고 어찌나 쉴 새 없이 움직이던지 만약 늦둥이 부모이기라도 했다면 다음 날 집에 가서 끙끙 앓아눕겠구나 싶을 만큼 지극히도 활동적인 시간이었다.

그런데 그렇게 한참을 아이와 함께 뛰고 구르고 하다 보니 내가 이렇게 아이와 함께 격렬하게 몸으로 놀아주었던 적이 또 언제였나 싶었다. 한국에 있는 동안 아이와 함께 영화도 보고 동물원도 가고 놀이동산도 가고 참 많은 시간을 함께했지만, 막상 이렇게 몸을 부대끼며 함께 놀아준 적은 있었던가. 엄마, 아빠와 함께 살을 맞대고 뛰고 구르고 하며 세상 이보다 더 행복할 수 없다는 표정을 짓고 있는 아이를 보니 정말 아이가 좋아하는 놀이는 무엇인지 아이가 엄마와 아빠에게 진심으로 원하는 것은 무엇인지 다시 한번 생각해 보게 되었다.

몸으로 함께 하는 신나는 게임들이 끝난 후에는 무척 흥미로운 프로그램이 이어졌다. 그것은 자연에서 찾을 수 있는 여러 재료를 이용해서 아이들이 직접 자신만의 도시락을 만드는 일이었다. 아이들은 엄마와 함께 공원 이곳저곳을 누비며 흙, 돌멩이, 풀, 꽃, 작은 열매, 나뭇잎, 나뭇가지 등등을 주워 선생님이 나누어주신 일회용 도시락통에 예쁘게 담았다. 어른인 내가 보기에는 그저 돌멩이나 나뭇잎 몇 개를 주워 담은 통에 불과했지만 아이들에게는 그것이 소시지고 어묵이고 국수고 밥이었다. 작은 나뭇가지로 나름 예쁘게 젓가락까지 만들어서 꽂아둔 것을 보니 어찌나 앙증맞던지.

그런데 이 프로그램의 하이라이트는 그 후에 있었다. 아이들이 각자 자기가 만든 도시락을 들고 숲의 제왕에게 찾아가서 그 도시락을 전해준다는 것이었다. 숲의 제왕이라니 도대체 뭘까? 선생님들은 도대체 뭘 준비하신 걸까? 내가 다 두근두근 가슴이 설레었다. 궁금한 마음을 가득 안고 아이와 함께 드디어 숲의 제왕을 만나러 갔는데 그곳에 계신 분은 다름 아닌 유치원 원장 선생님이셨다! 알록달록한 종이 왕관에 빨간 보자기를 둘러쓴 원장 선생님은 커다란 나무 아래에 쭈그리고 앉으셔서 한 명 한 명 아이들을 맞아주셨다. (의자도 없이 말 그대로 정말 쭈그리고 앉아계셨다!)

"어허허허허허! 이렇게 멋진 도시락을 만들어 오다니 정말 고맙구나!"

원장 선생님은 아이들의 눈높이에서 아이들과 눈을 맞추고 혼신의 힘을 다해 숲의 제왕을 연기하고 계셨다. 그뿐만 아니라 각각의 도시락마다 그 특징을 일일이 다 잡아내시고는 쩝쩝쩝 맛있게 먹는 척도 해주시고 이게 맛있구나, 저게 맛있구나, 이건 뭐니, 저건 뭐니 하며 아이와 함께 한참 대화를 나누셨다. 그리고 원장 선생님은 그렇게 그 자리에 계속 쭈그리고 앉으셔서 딸기반과 달님반의 무려 40명 가까이 되는 아이들을 한 명 한 명 모두 다 너무도 정성스럽게 맞아주셨다. 아, 그것은 내게는 정말 뭔가 가슴 뭉클해지는 경험이었다. 이토록 자상한 원장 선생님이시라니!

숲의 제왕을 위한 도시락 만들기 시간이 끝난 뒤에는 삼삼오오 모여 집에서 싸 온 도시락으로 점심을 먹고 자유 시간을 가졌다. 물론 이 자유 시간에도 엄마들은 아이들과 어울려 피구를 하고 꼬리잡기 놀이를 하며 마지막 열정을 불태웠고 그렇게 아이들과 함께 뛰고, 뛰고 또 뛰었던 와세다 유치원의 봄 소풍은 드디어 끝이 났다.

아이들의 넘치는 에너지를 함께 하느라 몸은 정말 고되었지만 그 넘치던 에너지만큼이나 아이들과의 추억도 웃음도 한없이 넘쳐나던 무척이나 따스한 시간이었다.

우리에게 진정으로 중요한 것은 과연 무엇인가.
아이와의 시간을 담은 멋진 사진인가
아니면 아이와 함께 한 시간 그 자체인가.

죄송하지만 그렇게는 할 수가 없습니다

우리 아이들은 일본어를 전혀 하지 못하는 상태로 와세다 유치원에 들어갔음에도 불구하고 등원 첫날부터 유치원 생활을 무척이나 좋아했고 선생님들도 놀라실 만큼 아주 빠르고 성공적으로 유치원 생활에 적응해 나갔다. 하지만 물론 그 모든 과정이 100% 다 순조롭기만 했던 것은 아니다. 우리에게도 알게 모르게 힘든 순간들이 있었다.

처음에는 말이 통하지 않아도 그저 신기한 마음에 별생각 없이 잘 생활하던 둘째 아이가 어느 정도 시간이 흐르자 언어의 장벽에 막혀 자기가 하고 싶은 말을 전부 다 하지 못하는 것에 답답함을 느끼기 시작한 것이다. 늘 이래도 좋고 저래도 좋은 무던한 성격인 첫째 아이와 달리 자기주장도 강하고 승부욕도 넘쳤던 둘째 아이에게는 그런 상황이 당연히 견디기 힘들었을 것이다.

아이는 친구들과 의견 다툼이 있을 때면 자신의 입장을 말로 다 표현하지 못해 종종 친구들과 싸움을 벌였고 그 답답함이 심해지면 큰 소리로 울고 떼를 쓰는 것으로 자신의 감정을 표출해 내곤 했다. 가끔 선생님에게 그런 상황을 전해 들을 때면 조금 마음이 아프기는 했지만 아이는 기본적으로 유치원을 좋아하고 있었고 어쩌다가 그런 일이 있을 때를 빼고는 대부분 별문제 없이 생활하고 있었기 때문에 우리는 그저 아이의 일본어가 어서 자리를 잡기를 기다리고 있을 뿐이었다.

그러던 어느 날이었다. 혼자 아이들을 데리러 유치원에 갔던 남편이 잔뜩 화가 나서 씩씩대며 아이들과 함께 집에 돌아온 것이다. 무슨 일인가 물어보니 둘째 아이가 그날 유치원에 집에서 놀던 장난감을 가지고 갔는데 선생님에게 들켜서 선생님이 집에 갈 때 돌려주겠다며 그 장난감을 압수하셨다고 한다.

그런데 그때부터 화가 난 아이가 너무 심하게 울고 떼쓰는 바람에 유치원 프로그램이 진행되지 못할 정도가 되어 선생님들이 굉장히 난감한 상황을 겪었던 모양이었다. 남편은 선생님에게 죄송하다는 말을 한 백번은 넘게 하고 온 듯한 표정이었고 한참 아빠에게 혼이 난 아이는 아직도 자기감정을 다 추스르지 못한 듯 보였다.

사실 둘째 아이는 한국에서도 유치원을 2년이나 다니다 왔지만 나는 한 번도 이런 일을 겪어본 적이 없었다. 아니 오히려 아이는 한국 유치원에서는 상당한 모범생이었다. 친구와는 한 번도 싸워 본 적이 없었고 선생님 말씀도 잘 듣고 붙임성도 좋아 늘 칭찬만 받던 아이였다. 그렇다 보니 이런 상황이 무척 당혹스러울 수밖에 없었다.

나는 아이에게 유치원에 집에서 놀던 장난감을 들고 가면 안 된다, 규칙이 그러하니 선생님이 그 장난감을 가지고 가신 건 어쩔 수 없는 일이다, 화가 난다고 해서 그렇게 무조건 울고 소리를 지르며 떼를 쓰는 것은 옳지 않다고 이야기해주고 아이를 토닥토닥 다독여 주었다. 그리고 네가 계속 이렇게 울고 떼를 쓰며 친구들에게 피해를 주면 앞으로는 더 이상 유치원에 갈 수 없을지도 모른다는 협박 아닌 협박으로 이야기를 마무리 지은 뒤 아이에게 다시는 그러지 않겠다는 약속을 받고 함께 잠이 들었다.

다음 날 유치원 하원길, 아니나 다를까 선생님께서 내게 상담을 요청하셨다. 그날은 남편 없이 나 혼자 유치원에 간 날이었지만 다행히도 아이들의 한국인 통역 선생님이 오시는 날이었기 때문에 통역 선생님의 도움을 받아 선생님과 긴 대화를 이어갈 수 있었다.

선생님은 내게 어제 있었던 일들을 설명해 주신 뒤 아이가 한국에서는 어떠했었는지를 물어보셨다. 나는 아이가 한국에서는 무척이나 모범생이었다고 이야기한 뒤 아직 일본어가 서툴러 나름 스트레스를 받는 것 같다고 이런 일이 벌어지게 되어 정말 죄송하다고 몇 번이나 사과를 했다.

그러자 선생님은 일본인 특유의 그 공손하고도 또 공손한 표정과 몸짓으로 아이를 제대로 돌보지 못한 제가 죄송하다며 오히려 본인이 몇 번이고 사과를 하셨다.

잘못을 한 건 분명 아이인데 애꿎은 선생님과 내가 서로에게 계속 머리를 조아리며 '스미마셍. 스미마셍. (죄송합니다. 죄송합니다)'을 반복하고 있던 상당히 오묘한 상황이었다.

한참을 그렇게 서로 '스미마셍'을 연발하던 중 내가 먼저 마음속에 담아두고 있던 말을 꺼냈다. 아마도 그때 나는 조금 짜증이 나 있는 상태였던 것 같다. 예상치 못하게 갑자기 문제를 일으키는 아이 때문에 말 한마디 통하지 않는 나라에서 혼자 땀을 뻘뻘 흘려가며 계속해서 죄송하다는 말만 반복해야 했던 바로 그 상황 때문에 말이다.

내가 보기에 선생님은 아이에게 지나치게 친절했다. 아이가 그렇게 심하게 떼를 쓸 때는 한 번쯤은 조금 엄하게 다루셔도 될 텐데 선생님은 매번 아이에게 쩔쩔매시기만 할 뿐 절대 엄한 모습을 보이지 않으셨다. 그렇다 보니 아이는 본인이 말이 통하지 않는 데서 오는 스트레스를 죄 없는 선생님에게 모두 다 풀어내고 있는 듯했다. 나는 선생님이 아이에게 한 번쯤은 엄한 모습을 보여주셨으면 싶었다.

"선생님, 은우가 그렇게 심하게 울면서 떼를 쓸 때는 좀 더 단호하게 대하셔도 괜찮습니다. 집에서도 혼낼 때는 혼내고 엄하게 할 때는 엄하게 하고 있으니까 아이에게 그렇게 너무 잘해주기만 하지 않으셔도 괜찮습니다."

통역 선생님을 통해 내 말을 다 전해 들으신 선생님은 일본어로 한참을 답변해주셨고 다시 통역 선생님을 통해 전해 들은 그 답변은 내가 조금도 예상하지 못했던 내용이었다. 선생님의 답변은 이러했다.

"어머님, 죄송하지만 저는 그렇게는 할 수가 없습니다. 은우가 그런 행동을 보인 데에는 분명 은우만의 이유가 있을 겁니다. 저는 아이가 왜 그런 행동을 했는지 아이의 이야기를 너무나 들어보고 싶은데 언어가 통하지 않아 그럴 수가 없어서 그게 아이에게 진심으로 미안할 뿐입니다. 지금 이 상황에서 제가 아이에게 해줄 수 있는 유일한 일은 아이의 감정을 있는 그대로 받아주는 것뿐입니다. 아이가 무슨 생각을 하고 있는지 알지 못하는 이런 상황에서 아이에게 절대 무조건 엄하게 대할 수는 없습니다."

선생님은 여전히 일본 사람 특유의 그 공손하고도 또 공손한 태도를 계속 유지하고 계셨지만 선생님의 말씀에서는 분명 확고한 단호함이 느껴졌다.

나는 순간 누군가에게 뒤통수를 한 대 세게 얻어맞은 기분이었다. 맞는 말이었다. 한국에서는 전혀 그렇지 않았던 아이가 갑자기 그런 행동을 보이는 데에는 분명 아이만의 이유가 있었을 것이다. 선생님에게는 그 이유가 중요했다. 아이가 무슨 생각을 하는지 왜 그런 행동을 했는지 그 이유를 알고 싶어 하셨다.

하지만 나에게는 '왜'보다는 밖으로 드러나는 '무엇'이 중요했다. 아이가 어떤 행동을 했는지 그리고 그 행동을 어떤 행동으로 바꾸어 주어야 할지에만 몰두했을 뿐 아이가 왜 그런 행동을 했는지에는 관심을 두지 못했던 것이다. 선생님이 그토록 알고 싶어 하시던 '왜'를 나는 아이의 입을 통해 충분히 들을 수 있는 능력이 있었음에도 아이의 마음에, 아이의 이야기에 크게 귀를 기울이지 않았던 내가 순간 참 어리석게 느껴졌다.

나는 집으로 돌아와 아이와 다시 이야기를 나누었다. 왜 그렇게 심하게 울었는지 뭐가 그렇게 속상했는지 그제야 나는 아이에게 그 이유를 물었다. 예상했던 대로 아이에게는 아이 나름의 이유가 있었고 마음속에 있던 자기의 이야기를 다 꺼내놓고 나자 아이는 한결 편안해진 듯 보였다.

그 일이 있고 난 뒤로도 아이는 가끔 유치원에서 울기도 하고 떼를 쓰기도 했다. 하지만 선생님은 변함없이 아이에게 한없이 친절하고 따뜻한 모습만을 보여주셨다. 나는 그러다가 아이가 결국엔 선생님을 우습게 보게 될까 봐 사실 그게 제일 걱정이었었는데 내가 낳고도 난 참 내 아이를 너무도 모르고 있었다. 내 아이는 그런 아이가 아니었다.

아이는 시간이 흐르면 흐를수록 선생님을 우습게 보는 것이 아니고 선생님에 대한 신뢰를 쌓아갔다. 선생님이 자신의 이야기에 귀를 기울이고 있음을, 자신을 아주 따뜻한 시선으로 바라보고 있음을 아이는 직감적으로 알고 있는 듯했다.

선생님의 교육 방식은 옳았다. 시간이 흐르고 아이의 일본어가 늘면서 자기의 생각을 말로 표현할 수 있는 단계가 되자 아이는 더 이상 유치원에서 그렇게 심하게 울거나 떼를 쓰지 않았다. 그리고 그렇게 되자 선생님은 내가 부탁하지 않아도 알아서 아이가 잘못했을 때는 훈육도 하시고 엄하게 대해주기도 하셨다. 나는 그 일을 계기로 아이를 키운다는 것에 대해 많은 것을 배우고 또 깨달았다.

와세다 유치원은 70년이 넘는 역사를 가진 곳이었기에 그 긴 시간을 지켜 온 와세다 유치원만의 확실한 교육철학이 있었다. 일본에서는 이런 것을 '코다와리'라고 불렀다. 어떤 특정한 일에 대한 자신만의 고집 혹은 철학 같은 것을 의미하는 단어였다. 나는 1년 6개월이라는 시간 동안 일본에서 생활하면서 많은 곳에서 이러한 일본인 특유의 코다와리를 느낄 수 있었다.

사실 유치원 선생님이 내게 그토록 단호하게 죄송하지만 그렇게는 할 수가 없다고 말씀하셨을 때 나는 꽤 놀랐었다. 늘 공손하고, 늘 남을 배려하고, 늘 남에게 거절의 말을 하지 못해 항상 빙빙 에둘러 표현하기만 하던 일본 사람들에게 그런 면이 있을 것이라 전혀 상상하지 못했기 때문이었다.

하지만 일본인에게 코다와리란, 특히 자신이 맡고 있는 일에 대한 코다와리란 무척이나 소중한 덕목이었다. 늘 웃고 있는 듯 보이지만, 늘 남에게 맞춰주고 있는 듯 보이지만 자신만이 가지고 있는 스스로의 철학에서만큼은 확고하고도 단호했다. 그것은 타인에 대한 일본인들의 지극히도 세심한 배려심만큼이나 내게는 무척 인상적인 것이었다.

한없이 공손하지만 또 동시에 한없이 단호한 모습으로 죄송하지만 그렇게는 할 수가 없다고 말씀하시던 키타하라 선생님의 모습을 나는 지금도 잊을 수가 없다.

아이가 무슨 생각을 하고 있는지
알지 못하는 이런 상황에서
아이에게 절대
무조건 엄하게 대할 수는 없습니다.

같이 놀자!
- 은우 이야기

일본에 처음 도착했을 당시 우리 아이들은 일본어라고는 정말 한마디도 할 줄 몰랐을뿐더러 외국어라는 것에 대한 개념 자체도 별로 없었다. 하지만 시간이 흐르면서 뭔가 여기서는 한국어로는 말이 통하지 않는다는 사실을 몸으로 체험하게 되자 이건 일본말로 뭐라고 하는지 그리고 저건 또 일본말로 뭐라고 하는지 물어가며 슬슬 일본어에 관심을 보이기 시작했다. 그렇다면 우리 아이들이 일본에 와서 처음으로 알고 싶어 했던 일본어는 과연 무엇이었을까? 그건 바로 '잇쇼니 아소보!(같이 놀자!)'라는 말이었다.

쌍둥이여서였을까? 우리 아이들은 아주 아기 때부터 사회성이 굉장히 좋은 아이들이었다. 낯을 전혀 가리지 않았고 누구를 만나든 밝게 웃으며 먼저 말을 붙였으며 특히나 또래 친구들을 굉장히 좋아했다.

일본에 처음 와서도 놀이터에만 나가면 말 한마디 안 통하는 아이들 틈에 껴서 '잇쇼니 아소보!', '잇쇼니 아소보!'를 외치며 신나게 뛰어다니곤 했으니 말이다. 유치원에 처음 들어가서도 아이들은 역시나 같은 반 친구들 틈에서 '잇쇼니 아소보!'를 외치며 즐거운 유치원 생활을 이어나갔다. 하지만 지난번 글에서도 이야기했듯 모든 일이 다 순조롭지만은 않았다. 시간이 흐르면서 둘째 아이가 친구 관계에서 조금씩 문제를 겪기 시작한 것이다.

우리 아이들은 쌍둥이였지만 이란성쌍둥이였기에 서로 얼굴도 성격도 완전히 달랐다. 뭐든 둥글둥글 원만한 성격에 딱히 승부욕이라곤 없었던 첫째 아이는 일본 친구들이 뭔가를 알려주고 가르쳐주면 말은 못해도 방실방실 웃으며 그대로 잘 따라 했고 그런 첫째 아이를 일본 친구들은 마치 귀여운 강아지 한 마리를 보살피듯 좋아했다.

하지만 매사에 의욕이 넘치고 승부욕에 불타던 둘째 아이는 친구들과 의견 다툼이 있을 때면 말도 전혀 통하지 않는 상황에서 어떻게든 계속 자신의 주장을 관철하려 했고 결국 그게 안 되면 친구들에게 화를 내거나 짜증을 냈다. 남편의 표현을 빌자면 유치원 친구들이 놀고 있는데 어디서 갑자기 말 한마디 못하는 아기가 나타나서 다 내 맘대로 할 거라고 떼를 쓰는 것과 같은 상황이랄까. 상황이 이러하다 보니 아이는 친구들과의 사이에서 종종 문제를 겪었다.

그러던 어느 날이었다. 여느 때처럼 종례를 마치고 유치원 정원에서 아이들을 놀리고 있을 때였다. 친구들과 어울려 신나게 뛰어다니며 잡기 놀이를 하고 있던 둘째 아이 쪽의 분위기가 조금 이상해 보였다. 아이는 손에 나무 열매 같은 것을 하나 보물처럼 꼭 쥐고 있었고 다른 두 남자아이가 그걸 빼앗으려 막 쫓아가던 중이었는데 대부분의 남자아이들 놀이가 다 그러하듯 놀이는 필요 이상으로 격렬해지고 있었다. 별거 아닌 나무 열매 하나일 뿐인데 둘째 아이는 그걸 뺏기지 않기 위해 이보다 더 필사적일 수 없을 정도로 열심히 도망쳤고 나머지 두 아이도 그보다 더 필사적으로 둘째 아이를 쫓아갔다. 그렇게 한참을 쫓고 쫓기다가 결국 둘째 아이가 나머지 두 아이에게 잡히게 되었고 손에 보물처럼 꼭 쥐고 있던 나무 열매도 빼앗기고 말았다.

둘째 아이는 그 자리에 서서 분을 못 이겨 한참을 씩씩대고 있었다. 분명 아이는 친구들에게 뭔가 하고 싶은 말이 많았을 것이다. 하지만 그 말들을 단 한마디도 밖으로 내뱉을 수 없었을 테니 얼마나 답답했을까. 나는 아이 대신 그 두 아이에게 '그 열매는 원래 은우가 가지고 있던 것 같은데 그냥 은우에게 돌려주면 안 될까?'라고 말을 해주고 싶었지만 사실 나의 일본어 실력 역시 아이의 일본어 실력과 그다지 다를 바가 없었기에 뭐라 말 한마디 못하고 그저 쳐다만 보고 있을 뿐이었다. 그때였다. 분해서 어쩔 줄 몰라 하던 아이가 갑자기 털썩 주저앉아 이보다 더 서러울 수 없다는 듯이 엉엉 울어대기 시작한 것이다. 한참을 울던 아이는 갑자기 내게 한국말로 이렇게 소리를 질러댔다.

"나 한국 유치원으로 다시 갈 거야! 여기 싫어! 한국 유치원에서는 아무도 내 거를 이렇게 뺏어가지 않는단 말이야!"

아이는 정말 서럽게 울어댔고 그런 아이를 바라보면서 나 역시도 아이와 함께 주저앉아 울고 싶은 심정이었다. 잘 지내고 있는 것처럼 보였는데 아이는 알게 모르게 많이 힘들었던 모양이었다. 그런데 사실 내 상황도 별반 다르지 않았다. 아이만큼 나도 많이 지쳐 있었다. 말 한마디 안 통하는 일본 엄마들 사이에 덩그러니 끼어, 꿔다 놓은 보릿자루처럼 멀뚱멀뚱 서 있어야만 하는 하루하루가 나에겐들 결코 쉬웠을 리 없었다.

아이가 울음을 터트리기 시작하자 깜짝 놀란 일본 엄마들과 유치원 친구들이 아이에게 달려왔다. 다들 무슨 일이냐고 물으며 아이를 달래주었고 아까 그 친구들도 아이에게 미안하다며 사과를 했다. 그리고 그렇게 아이는 조금씩 안정을 찾아갔다.

다른 엄마들과 친구들이 다시 다 자기 자리로 돌아가고 아이와 나 단둘이 남게 되자 순간적으로 여러 가지 생각들이 밀려왔다. 내가 너무 무모했을까? 지금이라도 아이들을 한국 아이들이 좀 더 많은 유치원으로 옮겨야 하는 걸까? 잠시 생각에 빠져있던 내가 아이에게 먼저 말을 건넸다.

"은우야, 우리 유치원 좀 쉴까? 며칠만 유치원 가지 말고 집에서 엄마랑 있을까?"

사실 나는 한국에서도 가끔 아이에게 이런 말을 건넨 적이 있었다. 하지만 그때는 그저 말뿐이었다. 말은 그렇게 하면서도 아이가 정말 유치원에 가지 않겠다고 할까 봐 늘 마음이 조마조마했었더란다. 그런데 이번엔 진심이었다. 진심으로 좀 쉬어야겠다는 생각이 들었다. 아이에게도 내게도 지친 마음을 달랠 시간이 필요했다. 그런데 아이는 한참 동안 답이 없었다. 잘 보니 아이는 내 이야기를 전혀 듣고 있지 않는 듯했다. 아이는 두 손을 꼭 쥔 채 친구들이 있는 곳을 가만히 바라보고 있었다. 내가 다시 '은우야.'라고 부르려던 순간 양손을 꽉 쥐고 있던 아이가 결심이라도 한 듯 갑자기 친구들을 향해 달려 나갔다. 그러더니 '잇쇼니 아소보!'라고 외치며 친구들의 뒤를 따라가 손을 꼭 잡는 것이 아닌가.

아, 그것은 정말 말로 표현하기 힘든 순간이었다. 늘 아기 같고 늘 보살펴줘야만 할 것 같았던 나의 아이는 내가 생각했던 것보다 훨씬 더 강한 존재였다. 어른인 나마저도 힘들고 지쳐 이제는 다 그만두고 싶던 그 순간, 아이는 나보다 훨씬 더 씩씩한 모습으로 그 모든 어려움을 훌훌 털어내고 있었다. 친구들이 있는 곳으로 씩씩하게 다시 뛰어나가던 아이의 뒷모습을 보면서 한편으로는 놀랍기도 하고 또 한편으로는 뭔가 가슴 뿌듯하기도 하면서 동시에 알 수 없는 진한 아쉬움도 함께 밀려왔다. 늘 내 품 안에서만 있을 것 같았던 나의 작은 꼬마는 어느새 그렇게 나를 뒤로하고 자신만의 세상으로 훨훨 날아가고 있었던 것이다.

나는 원래 소소한 일상들을 글로 남기는 것을 좋아한다. 그건 누군가에게 보여주고 싶은 의도도 있지만 사실 나 스스로가 먼 훗날 그런 작은 순간순간들의 추억을 잊지 않기 위해서이기도 하다. 그런데 아이러니하게도 나는 정말 소중했던 순간 혹은 정말 인상적이었던 순간들은 따로 기록해두지 않는다. (이 이야기 역시 이 글을 쓰기 전까지는 그 어디에도 적어둔 적이 없었다) 살다 보면 그런 순간들이 있다. 그 어떤 사진도 그 어떤 기록도 남겨 놓지 않아서 오히려 그때 그 느낌이 더 생생하게 다가오는 그런 순간 말이다. 나에게는 모든 것을 다 훌훌 털어내고 다시 친구들에게 씩씩하게 뛰어가던 그 날 아이의 그 뒷모습이 바로 그런 순간이었다.

와세다 유치원에서의 1년을 추억할 때마다, 아니 내 아이의 어린 시절을 추억할 때마다 나는 아이의 그때 그 뒷모습을 언제고 다시 떠올리게 될 것 같다.

늘 내 품 안에서만 있을 것 같았던
나의 작은 꼬마는
어느새 그렇게 나를 뒤로하고
자신만의 세상으로
훨훨 날아가고 있었던 것이다.

두 개의 언어를 사용하는 아이를 키운다는 것

도쿄에서 지내던 1년 반 동안 많은 흥미로운 일이 있었는데 아이들의 일본어가 늘어가는 모습을 지켜보는 것도 그중 하나였다. 아이들을 데리고 일본에 나가게 되었다는 사실을 알게 되자 많은 사람이 아이들의 영어 교육을 위해 당연히 미국으로 갔어야지 왜 하필 일본이냐며 무척이나 아쉬워했다. 하지만 막상 나는 그런 말들에 조금 시큰둥했었다. 어릴 때 1~2년 살다 오는 것 가지고 외국어가 과연 늘어야 얼마나 늘겠냐고 어차피 돌아오면 다 잊어버릴 텐데 별로 큰 의미가 없으리라 생각했었다. 하지만 일본에서 1년 반을 지내고 다시 한국으로 돌아온 나는 가끔 아이들을 미국으로 데려갔더라면 어땠을까 하는 생각을 한다. 일본에서 아이들이 내게 보여준 일본어 습득력은 그만큼 가히 놀라운 수준이었다.

아이들이 일본어를 습득해 가는 과정은 사실 내가 예상했던 것과는 조금 달랐다. 나는 아이들이 단어부터 시작해서 천천히 차근차근히 한 단계 한 단계 밟아 나가는 모습을 상상했지만, 초반 한두 달 동안 우리 아이들은 좀처럼 일본어로 입을 열지 않았다. 쌍둥이라서 유치원에서도 서로 한국말을 쓸 수 있을 테니 그래서 일본어가 늘지 않는 걸까?

문장으로 말하지는 못하더라도 몇몇 단어 정도는 이야기할 수 있을 텐데 일본어로는 좀처럼 입을 떼지 않는 아이들을 보면서 나는 조금씩 조바심이 나기 시작했었다. 그런데 그런 나를 보면서 아이를 데리고 우리보다 몇 달 먼저 일본에 와 계시던 한 분이 이런 말씀을 해주셨다.

"아이고, 그냥 내버려 두십시오. 아마 몇 달만 더 지나면 그때는 오히려 아이가 한국말을 쓰지 않으려고 해서 그걸 고민하시게 될 겁니다."

이미 한 달도 넘게 지났건만 아직도 저렇게 입을 떼지 않는데 과연 그럴까. 솔직히 나는 조금 의구심이 들었었다. 두 달 정도가 지나가자 약간 더 적응이 빠른 편이었던 큰아이는 조금씩 일본어로 말을 하기 시작했지만 둘째 아이는 여전히 입을 꼭 다물고 있었다.

그러던 어느 날이었다. 하원을 위해 유치원에 아이를 데리러 갔는데 원감 선생님이 내게 은우가 오늘 드디어 일본어로 문장을 말했다며 너무도 흥분된 목소리로 이야기를 전해주시는 것이었다. 아이가 무려 '초코 바나나 구다사이(초코 바나나 주세요)'라는 말을 했다고 말이다. 잔뜩 기대에 부풀어 있던 나는 순간 피식 웃음이 터져 나오는 것을 겨우 참았다. 두 달이 넘게 지나서 처음 나온 말인데 선생님이 그토록 흥분하시기에는 너무 쉬운 문장이었기 때문이었다. 그런데 놀랍게도 그 후로 정말 마법 같은 일이 벌어졌다. 입을 꼭 다물고 있던 아이는 그 문장을 시작으로 해서 마치 그간 일본어를 못 해 한이라도 맺혀 있었던 아이처럼 줄줄 일본어를 쏟아내기 시작한 것이다. 그리고 그 이후로는 모든 것이 일사천리였다.

3개월쯤부터 입을 열기 시작한 아이들은 6개월쯤 지나자 일본 아이들과 어울려 유치원 생활을 하는데 아무런 문제가 없을 만큼 일본어를 자연스럽게 구사하게 되었고 평소에도 늘 재잘재잘 말이 많던 큰아이는 1년쯤 지나자 일본 엄마들도 놀랄 만큼 그 반에서 가장 말이 많은 아이가 되어 있었다. 그리고 1년 반이 지나 한국으로 다시 돌아올 즈음에는 아이들이 한국어로 이야기하면 주변 일본 사람들이 깜짝 놀라 아이가 어떻게 '한국말'을 이렇게 잘하느냐고 물어서 원래 한국인이라고 설명해주어야 할 정도였으니 아이들의 외국어 습득력이란 그야말로 놀라운 수준이 아닐 수 없었다.

하지만 아이들의 일본어 실력이 늘어가는 것이 꼭 그렇게 반가운 일만은 아니었다. 아이의 일본어 실력이 점점 늘어갈수록 아이의 머릿속에서 한국어가 서서히 잊혀가고 있었기 때문이었다. 6개월쯤 지나면서부터는 집에서도 계속 일본어만 쓰려고 하고 엄마인 나에게조차 자꾸 일본어로 이야기를 하려고 해서 난감할 때가 한두 번이 아니었다. (나의 일본어 실력이 아이의 일본어 실력을 전혀 따라가지 못하고 있었기 때문에 더더욱 그렇기도 했다) 그래서 어느 날은 내가 아이에게 한번 직접 물어보았다.

"연우야, 왜 엄마한테 자꾸 일본말로 얘기하는 거야? 엄마한테는 한국말로 해야지."

그러자 아이가 이런 답변을 내놓는 것이 아닌가.

"아니, 그 말이 한국말로 자꾸 생각이 잘 안 나서요."

세상에, 이제 일본에 온 지 1년도 채 되지 않았는데 이게 도대체 무슨 일이란 말인가. 곧 다시 한국으로 돌아가야 하는 아이들이었기에 결국 나는 어느 순간부터 아이들의 일본어가 아닌 한국어를 위해 더 많이 노력해야 했다. 엄마하고 얘기할 때는 한국말로 해야 하는 거라고 끊임없이 이야기해주고, 한국에서 잔뜩 싸 들고 간 한글책들을 계속해서 보여주고, 주말에는 따로 한글학교를 보내기도 했다. 그리고 그 덕에 아이들은 한국어와 일본어를 모두 자유롭게 구사하는 완전한 바이링구얼(이중언어 사용자)이 될 수 있었다.

친구들과 일본어로 재잘재잘 떠들다가도 엄마인 나와는 순간적으로 한국어로 언어를 바꾸어 이야기하고 또 금방 친구들과 다시 일본어로 대화를 이어가는 아이들의 모습은 부모로서 무척 뿌듯한 일이기도 했다. 하지만 늘 외국어에 관심이 많았고, 영어교육을 전공하기도 했으며 나 스스로도 어느 정도 바이링구얼의 측면을 가지고 있었던 사람으로서 나는 두 가지 언어를 동시에 구사하는 사람들의 맹점을 그 누구보다 더 잘 알고 있었다.

우리 아이들은 겉으로 보기에는 일본 아이들과 구별이 되지 않을 정도로 능숙하게 일본어를 구사했지만 좀 더 깊이 있게 들어가 보면 분명 차이가 있었다. 어려서부터 일본어를 사용해 왔고 집에서도 계속해서 일본어를 사용하는 일본 아이들에 비교해 우리 아이들의 일본어는 어휘력과 표현력 면에서 당연히 많이 뒤처질 수밖에 없었다.

그리고 한국어 역시 일본에 오기 전 나이 또래 아이들의 수준에서 더 이상 별다른 진전을 보이지 못했다. 두 가지 언어를 모두 다 잘 구사할 수 있다는 것은 결국 아이러니하게도 두 가지 언어를 모두 다 잘 구사하지 못한다는 것을 의미하기도 했다. 아이를 두 개의 언어를 모두 '완벽하게' 사용하는 사람으로 키운다는 것은 역시나 너무도 힘들고 복잡한 일이었다.

1년 반의 도쿄 생활을 마치고 다시 한국으로 돌아온 나는 아이들의 일본어에 대한 고민에 빠지게 되었다. 그 짧은 시간 동안 아이들의 일본어가 이토록 많이 성장할 것이라고는 전혀 예상치 못했었는데 막상 이렇게 되고 보니 엄마로서 자연스럽게 욕심이 생겨나는 것을 어찌할 수가 없었다. 일본어 학교 같은 것이 있나 알아볼까, 일본어 학습지를 시켜볼까, 개인 일본어 선생님을 알아볼까 여러 가지 방면으로 생각해 보았지만 영어라면 또 모를까 한국에서 일본어를 계속해서 유지해 나간다는 것은 결코 쉬운 일이 아니었다.

아이들은 또다시 한국 생활에 빠르게 적응해 나가기 시작했고 그 속도만큼 일본어도 빠른 속도로 잊혀 갔다. 아이들이 일본어가 필요한 환경 속에서 자연스럽게 일본어를 익혀나갔던 것처럼 일본어가 필요 없는 환경이 되자 자연스럽게 다시 일본어를 잊게 되는 것은 어찌 보면 너무도 당연한 일이었다. 그리고 무엇보다 잊히는 일본어만큼 아이들의 한국어가 다시 무럭무럭 자라고 있음을 보게 되자 나는 결국 내 마음속 욕심을 조금씩 내려놓게 되었다.

지금까지도 나와 남편은 일주일에 한두 번 정도 일본 애니메이션을 원어로 보여주는 것 말고는 따로 아이들에게 일본어를 가르치거나 일본어를 쓰게 하려고 노력하지 않는다. 하지만 그 대신 일본에서 있었던 그 수많은 추억에 대해서는 여전히 함께 자주 이야기를 나누곤 하는데 그때마다 아이들이 일본에서의 즐거웠던 기억을 다시 떠올리며 눈을 반짝거리는 모습을 보게 된다.

나는 좋은 추억은 그 누구도 상상하지 못할 만큼의 엄청난 에너지를 가지고 있다고 믿는다. 아이들이 일본에서 보냈던 즐거웠던 시간, 와세다 유치원에서 함께 울고 웃으며 성장했던 그 시간, 가족이 온전한 가족으로서 함께 할 수 있었던 그 시간이 나중에 아이들이 커서 다시 일본어를 접하게 될 때, 언젠가 또다시 일본어가 필요하게 될 때 그 무엇보다 큰 원동력이 되어 아이들을 다시 일본어의 세계로 이끌어 주게 될 것이라고 믿는다. 어떤 일이든 배움이란 결국 그런 호감과 관심에서 시작되는 것이니 말이다.

나는 좋은 추억은
그 누구도 상상하지 못할 만큼의
엄청난 에너지를 가지고 있다고 믿는다.

진정한 아이들의 축제

- 어린이 여름 축제

일본은 '마츠리'라고 불리는 전통 축제가 전국적으로 무척 활성화되어 있는데 여름은 특히나 수많은 마츠리로 가득한 계절이기도 하다. 슬슬 더위가 기승을 부리기 시작하는 6월이 되자 와세다 유치원에서도 아이들을 위한 여름 마츠리 준비가 시작되었다.

사실상 한 학기를 마무리 짓는 행사이자 또 1학기의 가장 큰 행사이기도 했던지라 유치원에서 무척 신경을 쓰고 있다는 것이 느껴지기는 했지만 그래도 한편으로는 이제 겨우 만 3살, 4살, 5살 아이들의 축제가 있어 봐야 뭐가 있겠나 싶은 생각이 드는 것도 사실이었다. 물론 이번에도 역시 나의 예상은 보기 좋게 빗나가고 말았지만 말이다.

와세다 유치원의 어린이 여름 축제는 그야말로 아이들을 위한, 아이들에 의한, 아이들의 축제였다. 비록 어린아이들을 위한 것이었지만 그 내용 면에서는 어른들의 그것과 크게 다르지 않았다. 우선 유치원에서는 이 여름 축제를 거의 한 달 전부터 준비하기 시작했고 유치원의 커리큘럼도 많은 부분이 축제 준비에 할애되어 있었다.

생각해 보면 와세다 유치원에서의 1년은 아이들이 직접 어떠한 행사를 기획하고 준비하고 실행하고 되돌아보는 과정의 연속이었던 것 같다. 선생님과 어른들이 모든 준비를 다 마치면 아이들이 그 준비된 무대에 서서 자신의 멋진 모습을 뽐내는 것으로 끝이 나는 것이 아니라 아이들이 그 행사의 기획과 준비에도 모두 능동적으로 참여했고, 특히나 우리 아이들은 가장 연장자 반인 만 5세 반이었기 때문에 더더욱 모든 행사의 중심이 될 수 있었다.

축제에는 총 4개의 점포가 만들어졌는데, 재밌게도 가장 나이가 많은 만 5세 반 아이들이 이 점포의 주인이 되었고 동생들인 만 3세와 4세 반 아이들은 축제를 즐기는 손님 역할을 맡았다. 우리 아이들은 각각 물고기 낚시 팀과 두더지 잡기 팀을 선택했고 그 외에도 과녁 맞히기 팀과 귀신의 집 팀이 있었는데 팀마다 모두 경쟁이라도 하듯 정말 열심히 점포 준비에 열을 올렸다.

물론 이 과정에서 엄마들의 역할도 빠질 수 없었다. 와세다 유치원은 엄마도 아이들과 함께 유치원을 다닌다는 말이 어울릴 만큼 엄마들의 참여가 중시되는 곳이었던지라 엄마들 역시 거의 한 달 전부터 이 축제를 위해 매주 1~2번씩은 꼭 유치원에 모여 함께 축제 준비를 해야 했다.

그렇다면 우리는 아마도 이쯤에서 이런 궁금증을 갖게 될 것이다. 도대체 뭐가 그렇게 준비할 것이 많았을까? 와세다 유치원은 어떤 행사든 모든 소품을 손으로 직접 만드는 것을 원칙으로 했다. 아이들의 눈높이에 맞게 색종이, 페트병, 빈 상자 등을 이용해서 직접 손으로 그리고 오리고 붙여서 모든 소품을 다 완성했다.

물론 그렇게 하면 시간도 오래 걸리고 결과적으로 완성품은 초라하고 볼품없게 느껴지기도 했지만 이들에게 중요한 것은 결과보다는 과정이었다. 축제를 준비하는 과정에서 아이들이 느끼는 설렘과 모두가 함께 협동하여 하나의 결과물을 만들어나가는 성취감, 그것만큼 더 좋은 교육이 무엇이 있을까.

긴 준비 과정을 거쳐 드디어 맞이하게 된 여름 마츠리, 기획과 준비 과정부터 모두 함께 참여했던 아이들은 그만큼 더 적극적으로 축제를 이끌어 나갔다. 안내 부스에 앉아 3세 반과 4세 반 동생들을 손님으로 맞이하고 그 꼬마 손님들이 즐겁게 축제를 즐길 수 있도록 최선을 다하는 아이들의 모습이 무척이나 인상적이었다.

다른 친구와 교대를 할 때까지 두더지 잡기 팀에서 한 시간 내내 두더지 막대를 움직이고는 팔이 아프다고 앓는 소리를 하는 둘째 아이를 보며 피식하고 웃음이 나오면서도 무척이나 대견하게 느껴졌고, 귀신의 집 팀에서는 아이들이 귀신 분장을 하고 숨어 있다가 갑자기 뛰어나와 동생들을 깜짝 놀라게 하는데 그 모습이 참 어설프면서도 너무 귀여워서 한참을 미소 지으며 쳐다보았던 기억이 난다.

축제 점포 운영이 모두 끝난 뒤에는 다 함께 유치원 정원에 모여 일본 전통춤인 봉오도리를 추는 것으로 모든 행사는 마무리되었다. 그리고 한참 뒤에 아이들의 여름 축제 사진을 받아보게 되었는데 그중 한 장의 사진을 보고 나는 정말 빵 터지고 말았다.

축제가 다 끝나고 엄마들이 뒷정리를 하는 동안 아이들은 2층 강당에서 선생님과 함께 축제를 정리하는 시간을 가졌는데 그때 아마도 뒤풀이 시간이 있었던 모양이었다. 그 앙증맞은 손에 다들 팩 음료수 하나씩을 들고 너무도 밝은 표정으로 축제의 성공을 자축하며 다 같이 건배를 하고 있는 모습이라니! 세상에, 너무 귀여워서 눈물이 다 날 지경이었다.

아이들은 그렇게 행복한 표정으로 건배를 하면서 과연 무슨 생각을 했을까? 다 함께 축제를 준비하며 즐거웠던 그 한 달간의 시간을 떠올렸을까? 힘들었지만 뿌듯한 하루였다고 생각했을까? 아니면 그냥 아무 생각 없이 그저 그 건배가 재밌었을까? 아이들이 그 축제를 준비하고 진행하면서 무슨 생각을 했는지, 무엇을 배우고 또 무엇을 얻었는지 사실 나로서는 알 수가 없었지만 한껏 웃으며 행복하게 건배를 하고 있는 아이들의 그 모습만으로도 나는 정말 큰 만족감을 느꼈다.

수고했다, 얘들아! 너희들의 마츠리는 정말 최고였어!

세상 그 어디에도 없을 복잡한 가족

기나긴 여름방학을 마치고 다시 유치원으로 복귀한 어느 날, 유치원 현관에서 처음 보는 여자아이를 발견하게 되었다. 이번에 달님반에 새로 들어온 아이라는데 신기하게도 백인 아이였다. 순간 나는 나도 모르게 속으로 '만세!'를 외쳤다. 아이가 백인이라는 것은 곧 그 아이의 엄마가 영어를 할 수 있을 확률이 매우 높다는 것을 의미했고, 그것은 내게는 당연히 엄청난 희소식일 수밖에 없었기 때문이었다.

일본 엄마들은 내게 언제나 더없이 친절하고 다정했지만, 그렇다고 해도 나의 일본어 수준으로는 아무래도 가까이하기엔 너무 먼 당신들이었기에 당시 나에겐 한국어, 혹은 영어를 할 수 있는 그 누군가가 너무도 절실했었다.

어느 나라에서 왔을까, 엄마는 어떤 사람일까 한참을 궁금해하다가 유치원 하원길에 드디어 그 아이의 엄마를 만나게 되었다. 아이의 엄마는 의외로 동남아시아 사람이었고, 달님반에 있는 첫째 아이, 이쟈 말고도 한 살 어린 여동생, 싸야 역시 딸기반으로 들어오게 되었다고 했다. 우리는 서로 반갑게 인사를 한 뒤 이런저런 이야기들을 함께 나누었는데 이 가족 듣다 보니 참 재미있는 가족이었다.

부인은 말레이시아 사람이고 남편은 스위스 사람인데 이 두 사람이 호주에서 만나 그곳에서 살다가 1년 반 정도 일정으로 일본으로 오게 되었다는 것이었다. 조금 복잡하다는 생각이 들긴 했지만 요즘 같은 사회에 국제결혼이야 뭐 흔한 일이고 더군다나 호주는 이민자 사회이니까 그럴 수도 있겠다 싶었다. 그리고 어찌 되었든 결과적으로는 호주에서 온 가족이었으므로 가족 모두 영어를 원어민처럼 했던지라 내게는 더할 나위 없이 반가울 수밖에 없었다.

그 후 며칠 뒤, 유치원이 끝나고 함께 아이들을 놀리고 있을 때였다. 이쟈네 엄마가 자기 아이들에게 영어가 아닌 다른 언어를 사용하고 있는 것이 아닌가. 깜짝 놀라서 물으니 본인은 원래 중국어가 모국어라서 아이들의 교육을 위해 아이들에게는 평소 중국어를 쓴다고 했다. '아, 그렇군요.' 하고 넘어갔는데 며칠 뒤에 보니 이번엔 아이들의 아빠가 또 아이들에게 영어가 아닌 다른 언어를 사용하고 있는 것이었다.

그런데 아무리 들어봐도 그 언어가 어느 나라 말인지 잘 감이 잡히지를 않았다. 독일어는 확실히 아니었고, 불어도 아닌 듯하고, 스페인어도 아닌 듯하고 말이다. 결국 며칠 뒤 나는 그 엄마에게 조심스럽게 물어보았다.

"남편분이 아이들에게 불어를 쓰시나 봐요?"

그러자 그 엄마가 말했다.

"불어요? 아니에요. 이탈리아어예요. 남편이 스위스의 이탈리아어 사용지역에서 자랐거든요."

세상에, 알면 알수록 점점 더 흥미로운 가족이었다. 이쟈네 엄마를 통해 들은 그 가족의 풀스토리는 이러했다. 이쟈네 아빠는 스위스의 독일계 가정에서 태어나 어려서부터 독일어를 사용하면서 자라왔지만, 어릴 적에 가족이 스위스의 이탈리아어 사용지역으로 이사를 가게 되면서 집에서는 독일어, 밖에서는 이탈리아어를 사용하는 환경에서 자라게 되었다고 한다. 그 후 학교에서 영어와 불어를 외국어로 배웠고, 그 뒤 호주로 이민을 와서 20년 넘게 살면서 영어는 자연스레 원어민 수준이 된 것이다.

하지만 놀랍게도 거기서 끝이 아니었다. 이쟈네 아빠는 호주에서 대학교수로 지내고 있는데 전공이 다름 아닌 동아시아 역사, 그중에서도 특히 일본 근현대사라서 일본어를 정말 수준급으로 하고 있었고, 부인이 아이들에게 늘 중국어를 사용했기 때문에 중국어도 어느 정도 알아듣고 말할 수가 있다고 했다.

복잡한 건 이쟈네 아빠만이 아니었다. 이쟈네 엄마 역시 만만치 않았다. 말레이시아인인 이쟈네 엄마는 중국계라서 집에서는 중국어, 밖에서는 말레이어, 그리고 학교에서는 영어를 사용하는 환경에서 자라왔다고 했다. 그래서 결과적으로 세 언어에 모두 익숙했고, 10년 전에는 남편과 함께 도쿄에서 2년 동안 살았던 경험이 있어서 일본어 역시 제법 잘하는 편이었다.

부부가 모두 남편은 6개 국어, 부인은 4개 국어를 하는 사람들이다 보니 자연스레 아이들의 언어 교육에도 관심이 많은 듯했다. 그래서 이 집의 아이들은 호주에서 자란지라 기본적으로는 영어를 모국어로 사용하고 있었지만 아빠는 이탈리아어, 엄마는 중국어를 사용했기 때문에 이 두 언어에도 매우 익숙했고 이제는 일본에 와서 새롭게 일본어를 배우는 중이었다. 게다가 이 아이들은 호주 여권과 스위스 여권을 모두 가지고 있었는데 공교롭게도 둘 다 아빠가 미국에서 유학할 당시 그곳에서 태어나서 미국 여권까지 총 3개의 여권을 가지고 있다는 것이 아닌가. 아, 세상에 무슨 이런 가족이!

와세다 유치원 달님반의 단둘이었던 외국인 가족으로서 우리는 졸업할 때까지 서로 의지하며 무척이나 친하게 지냈다. 유치원에서도 언제나 붙어 다니고 주말이면 종종 공원으로 피크닉도 가고 식사도 자주 함께하면서 말이다. 이자네 가족과 우리 가족이 만나면 이쟈네 아빠는 아이들에게 이탈리아어를, 이쟈네 엄마는 아이들에게 중국어를, 우리는 우리 아이들에게 한국어를, 이쟈네 아빠와 엄마는 서로 영어를, 나와 남편은 서로 한국어를, 엄마들은 엄마들끼리 영어를, 아빠들은 아빠들끼리 일본어를, 아이들은 아이들끼리 일본어를 사용하며 수많은 언어가 사방에서 서로 섞여 정말 난리도 아니었다.

대화 주제 역시 마찬가지였다. 때로는 일본 사회에 대해, 또 때로는 한국 사회에 대해, 그리고 때로는 호주 사회, 스위스 사회, 말레이시아 사회에 대해 우리는 끝도 없이 많은 대화들을 나누었고 이를 통해 지금까지는 몰랐던 수많은 새로운 것들을 배우고 깨달을 수 있었다.

우리 두 가족이 이토록 서로 가깝게 지낼 수 있었던 데에는 사실 엄마들도 엄마들이지만 아빠들의 돈독한 관계가 무척이나 큰 몫을 차지했다. 일본 아빠들은 워낙 바쁘다 보니 유치원에 모습을 보이는 일이 거의 없었기 때문에 유치원에 자주 모습을 보이던 유일한 아빠들이었던 그 둘은 단짝이 되지 않으래야 않을 수가 없었고, 항상 외국인 친구들과 많은 대화를 나누어 보고 싶어 했지만 늘 영어의 벽에 가로막혀 아쉬워했었던 남편은 일본어를 기가 막히게 잘하는 이쟈네 아빠를 만나 무척이나 즐거워했다.

그 두 사람은 가족 모임 이외에도 단둘이 술자리를 꽤나 자주 가졌었는데 한번 만났다 하면 서너 시간은 훌쩍이었던지라 하루는 내가 남편에게 슬쩍 물어보았다.

“아니, 둘이 무슨 할 얘기가 그렇게 많은 건데? 도대체 무슨 얘기를 하는 거야?”

그러자 남편이 말했다.

“그냥 다 쓸데없는 얘기들이지 뭐. 아, 참 오늘 이쟈네 아빠가 그러더라. 와이프가 어느 순간부터 너무 건조해졌다고 말이야. 나름 분위기를 잡아보려고 노력하는데 도대체 그렇게 되지를 않는다면서 낭만이 다

사라져 버린 것 같다고 슬퍼하더라고. 그래서 내가 말해줬지. 우리 집도 똑같다고! 원래는 안 그랬는데 애들 생기고 키우면서부터 우리 와이프도 그렇게 된 것 같다고 말이야. 그랬더니 이쟈네 아빠가 완전 폭풍 공감을 하더라고. 그래서 그 얘기를 한참을 하다 왔네."

나는 순간 정말 피식하고 웃음이 나왔다. 한국 남자와 스위스 남자가 도쿄의 한 이자카야에서 서로 술잔을 기울이며 낭만을 잃어버린 한국인 와이프와 말레이시아인 와이프에 대해 투덜거리고 있는 모습이라니. 그것도 일본어로 말이다! 세상 무슨 이런 재미난 풍경이 다 있을까.

사실 일본에 오면서 한국인 가족이나 일본인 가족이 아닌 일본어를 기가 막히게 잘하는 스위스와 말레이시아 출신 호주인 가족과 가장 친하게 지내게 될 거라고는 정말 상상도 하지 못한 일이었다. 와세다 유치원이 아니었다면 우리가 이렇게 특별하고도 또 특별한 가족을 도대체 어디에서 만날 수가 있었을까. 이쟈네 가족과 함께했던 그 수많은 추억은 분명 와세다 유치원이 우리에게 안겨준 또 하나의 잊지 못할 커다란 선물이었다.

도쿄에서의 삶에 무척이나 만족했던 이쟈네 가족은 우리가 한국으로 돌아오고 난 뒤에도 원래 일정보다 한참을 더 도쿄에 머물렀다. 그래서 우리는 매년 봄 도쿄로 가족여행을 가게 될 때마다 이쟈네 가족을 다시 만나 또 그렇게 함께 즐거운 시간을 보내다 돌아오곤 했다.

그런데 작년 봄 이쟈네 가족이 3년 정도의 도쿄 생활을 마무리하고 다시 호주로 돌아가게 되면서 우리는 도쿄에서 그들과 아쉬운 마지막

작별 인사를 하게 되었다. 도쿄에 있을 때는 그래도 마음만 먹으면 비교적 쉽게 만날 수 있었던지라 그렇게 멀리 떨어져 있다는 느낌이 들지는 않았었는데 호주로 돌아가고 나면 우리는 도대체 또 언제쯤 다시 만날 수가 있을까. 그야말로 기약 없는 만남이 될 거라 생각하니 그저 아쉽고 또 아쉬울 뿐이었다.

과연 우리의 다음 만남은 언제가 될까? 그리고 우리는 또 어디에서 다시 만나게 될까? 호주에서, 서울에서, 도쿄에서 아니면 또 다른 세계 그 어딘가에서? 그리고 그때가 되면 우리 아이들은 서로 어떤 언어로 대화를 나누고 있을까? 여전히 일본어로 대화를 나누게 될까, 아니면 영어로 대화를 나누게 될까? 도대체 언제가 될지 알 수 없는 우리들의 그다음 만남이 나는 그저 궁금하고 또 궁금하기만 하다.

레토, 슈펑, 그리고 이쟈와 싸야! 언제가 될지 모르겠지만 우리 조만간 꼭 또다시 만나! 그때까지 언제나 건강하고 행복하기를!

우리는 꼬꼬마 한류 전도사

일본에서 생활하면서 보니 일본에서 이미 오래 살았거나 혹은 앞으로 오래 살 예정인 사람들은 일본 사회에 자연스럽게 적응하기 위해서라도 남들에게 자신이 외국인임을 굳이 드러내 놓고 어필하면서 살지는 않는 듯했다. 특히나 한국인이라면 겉으로 보기에는 일본 사람들과 별반 다를 것도 없기에 본인이 드러내놓고 이야기하지만 않는다면 외국인이라는 티도 잘 나지 않았다.

하지만 우리의 경우는 조금 달랐다. 처음 도쿄에 도착했을 당시 남편을 제외한 나와 아이들은 모두 일본어라고는 정말 한마디도 할 줄 몰랐기 때문에 남들에게 우리가 외국인임을 숨기려야 숨길 수가 없었고, 어차피 1년 반이라는 짧은 일정으로 온 것이었기에 어떻게든 일본 사회에 성공적으로 적응해야겠다는 생각보다는 일본에 있는 동안 추억이나 잔뜩 만들어 가자는 마음이 훨씬 더 컸다. 그래서 우리는 와세다 유치원에 다니던 그 1년 동안 유치원의 일본 친구들과 또 그 엄마들에게 우리가 일본인이 아닌 외국인임을, 그중에서도 특히나 한국에서 온 한국 가족임을 무척이나 열심히 알리면서 살았다.

가끔 한국에 잠깐 들렀다 올 일이 생기면 한국과 관련된 작은 기념품들을 사다가 유치원 친구들과 그 엄마들에게 선물로 나누어 주고, 할로윈 파티 때는 일부러 한인 마트까지 찾아가서 약과와 한국 과자들을 사 와 예쁘게 포장해서 선물하기도 했다. 또 선물을 포장할 때는 항상 그 위에 일본어와 함께 한글로 아이들의 이름을 적어주는 것도 잊지 않았다. 그래서인지 우리 가족이 함께하는 자리에서는 언제나 한국에 관한 이야기가 화젯거리가 되어 주었고, 그러한 대화들을 통해 나 역시 일본 엄마들과 조금씩, 조금씩 가까워질 수 있었다.

내가 매번 이렇게 하다 보니 우리 아이들 역시 내가 하는 행동을 그대로 따라 하는 듯했다. 유치원에 들어가고 얼마 되지 않았을 때의 일이었다. 종례 시간이었는데 항상 나를 호기심 어린 눈으로 바라보던 젠이라는 아이가 갑자기 내 옆으로 다가와 이렇게 말하는 것이 아닌가.

"배꼬빠요(배고파요)."

순간 아이의 그 장난기 가득한 표정에 빵하고 웃음이 터져버리고 말았다. 그 외에도 어느 순간부터 일본 꼬꼬마들은 우리를 만나면 너도나도 서툰 한국말로 '안녕!'이라고 인사를 하고 헤어질 때면 또 다 같이 깔깔대며 '또 만나자!'라고 소리를 치고는 했다. 친구들이 어떻게 한국

말을 하는 건지 도대체 누가 가르쳐 준 건지 묻자 너무도 뿌듯한 표정으로 '당연히 우리가 가르쳐줬지요!' 하고 말하는 아이들의 모습이 어찌나 귀엽던지.

한번은 이런 일도 있었다. 유치원에서 우리 아이들과 친하게 지내던 타이네 엄마가 내게 타이가 요즘 연우와 은우에게 배워 온 종이접기에 푹 빠져 있다고 이야기해주는 것이었다. 종이접기라니 도대체 뭘 가르쳐 준 걸까? 그날 집에 가서 아이들에게 물어보니 아이들이 신나서 이야기를 이어갔다.

"딱지 접는 법을 가르쳐줬어요! 요새 아침마다 친구들하고 딱지치기 해요. 료도 하고 유이도 하고 케이도 하고 다들 좋아해요!"

일본에서는 주로 동그란 딱지로 딱지치기를 해서인지 아이들이 색종이로 접는 딱지는 생소해 하는 모양이었다. 어쩐지 아침마다 항상 색종이로 접은 딱지를 유치원 가방에 한가득 담아가더니만 그게 우리 아이들에게서 시작된 일이었을 줄이야. 일본 유치원에 갑자기 불어 닥친 한국식 딱지치기 바람이라니 참으로 재밌는 일이 아닐 수 없었다.

2학기에 있었던 개인 면담 시간에 담임 선생님께 들었던 이야기도 잊을 수가 없다. 선생님께서는 아이들이 이제 유치원 생활에 너무나 잘 적응한 것 같다고 하시며 요즘은 연우와 은우가 아침마다 친구들을 모아놓고 한국 유치원과 일본 유치원에 대해 일종의 비교 품평회를 할 정도라고 한참을 웃으셨다. 두 아이가 '한국 유치원에서는 명찰을 달고 다니지 않아!', '한국 유치원에서는 손수건을 가져오지 않아도 돼!' 이런 이야기들을 해주면 친구들이 그 주위를 둘러싸고 너무나 재미있다는 듯이 한참을 듣고 있다는 것이었다.

하루는 이런 일도 있었단다. 우리 아이들이 '한국 유치원에는 바깥 놀이용 모자가 따로 없어. 바깥 놀이를 할 때도 모자를 쓰지 않아.'라고 이야기를 하자, 일본 아이들이 모두 눈이 똥그래져서 '유치원에 바깥 놀이용 모자가 없다고? 정말? 그럼 여름에는? 여름에도 안 쓴단 말이야?'하고 물었다는 것이다. 그래서 우리 아이들이 그렇다고 대답을 하자 유치원에서도 무척 엉뚱하기로 유명했던 쇼타로가 마치 충격이라도 받은 표정으로 이렇게 말을 했다고 한다.

"불쌍하다!"

나는 그 장면을 상상하며 정말 한참을 웃었다. 마치 미지의 세계를 탐험하고 돌아온 탐험가처럼 잔뜩 신이 나서 한국 유치원에 관해 이야기해주고 있었을 우리 아이들과 그 두 아이를 둘러싸고 호기심 가득한 눈빛으로 귀를 쫑긋 세우고 그 이야기를 듣고 있었을 일본 친구들, 그리고 한여름에 바깥 놀이용 모자도 없이 논다는 이야기에 충격을 받고 '불쌍하다!'를 외쳤을 쇼타로의 표정을 상상하고 있자니 너무도 만화의 한 장면 같은 그 모습에 도무지 웃음이 멈추지를 않았다.

이후로도 와세다 유치원 달님반의 꼬꼬마 한류 전도사로서 우리 아이들의 활약은 유치원을 졸업할 때까지 계속되었다. 그리고 그 덕에 나는 한 엄마로부터 연우와 은우가 유치원에 온 이후로 아이가 부쩍 한국에 관심을 가지며 나중에 한국에 꼭 한번 가보고 싶다고 말한다는 이야기를 듣기도 하고, 또 유치원 생활이 끝나갈 때 즈음에는 내가 정말 좋아하던 또 다른 한 엄마로부터 잊지 못할 칭찬이 담긴 휴대폰 메시지를 받기도 했다. 그 메시지 속에는 다음과 같은 문장이 적혀 있었다.

'연우와 은우네 가족 때문에 한국이 점점 더 좋아지게 되었어요!'

우리 가족이 와세다 유치원에서의 1년을 통해 수많은 추억을 만들었던 것처럼 유치원의 다른 친구들 역시 우리로 인해 또 다른 추억들을 만들 수 있었다면 그것만큼 의미 있는 일이 또 무엇이 있을까. 서로가 서로의 다름을 인정하고 그 다름을 통해 한층 더 가까워질 수 있었던 시간들, 그 시간들로 인해 우리는 그렇게 또 한 뼘씩 성장할 수 있었다.

서로가 서로의 다름을 인정하고
그 다름을 통해
한층 더 가까워질 수 있었던 시간들.

모두가 하나 된 하루

- 가을 운동회

생각해 보면 와세다 유치원의 2학기는 온갖 행사의 연속이었던 것 같다. 한 행사가 끝나면 곧 또 다른 새로운 행사의 준비가 시작되고, 그 행사가 끝나면 또 다른 행사의 준비가 시작되고 하는 식으로 말이다.

2학기의 그 많은 행사의 시작을 처음 알린 것은 다름 아닌 가을 운동회였다. 한국에서 유치원을 보낼 때도 매년 유치원 운동회가 있긴 했지만 와세다 유치원의 운동회는 한국에서의 그것과는 조금 다른 느낌이었다. 뭐랄까 좀 더 동네잔치 같은 느낌이었달까.

운동회 준비는 운동회 홍보 포스터를 만드는 것으로 시작되었다. 아이들은 수업 시간에 각자 자신의 개성이 드러나도록 운동회 홍보 포스터를 만들었고 선생님께서는 그 포스터를 운동회 며칠 전에 나누어 주시며 동네의 원하는 곳에 붙여보라고 하셨다. 이제 겨우 만 5살인 아이들인데 자신들이 준비한 행사를 동네 사람들에게 직접 홍보해보는 기쁨이라니! 소심한 우리 가족은 아이들의 포스터를 집 앞 현관에 붙여두는 데 만족했지만 가끔 유치원 등원 길에 보면 실제로 몇몇 곳에서 아이들의 운동회 포스터를 볼 수가 있어서 무척 신기한 마음이 들었다.

와세다 유치원 가을 운동회의 또 다른 특이점 중 하나라면 운동회가 토요일에 열린다는 것이었다. 와세다 유치원에서는 회사 일로 바쁜 아빠들의 참여를 끌어내기 위해 가족들의 참여가 필요한 행사는 주로 토요일에 이루어졌고 (대신 그다음 월요일을 대체 휴일로 하는 방식이었다), 그 덕에 유치원 운동회에는 엄마들은 물론 아빠들과 형, 누나, 언니, 오빠, 동생들 그리고 할머니, 할아버지 같은 친척분들까지 모두가 함께 참여할 수 있었다.

오랜만에 유치원에 모습을 보인 아빠들은 형, 누나, 언니, 오빠들과 함께 가족 응원단을 만들어서 우렁찬 응원 프로그램을 선보였고, 아직 유치원에 다니지 않는 어린 동생들을 위해서는 따로 달리기 프로그램도 준비되었다. 고작 유치원 운동회일 뿐인데 그야말로 온 동네가 들썩들썩하는 동네잔치가 따로 없는 느낌이었다.

이처럼 와세다 유치원에는 꼭 엄마들뿐만이 아니라 다른 가족들의 참여를 유도하는 프로그램도 상당히 다양했다. 한번은 토요일에 아빠와 함께 목공 장난감을 직접 만들어보는 프로그램도 있었고 또 한 번은 조부모님을 유치원 수업에 초대하여 함께 놀이를 즐기는 프로그램도 있었는데 이런 것들이 모두 내게는 상당히 신선했다. 그리고 그 외에 내가 가장 놀랐던 부분은 아직 유치원에 들어오지 못한 동생들을 위한 프로그램이었다.

와세다 유치원에서는 병아리반이라는 이름으로 한 달에 1~2번 정도 유치원 입원 전인 어린아이들을 위한 프로그램을 준비해 두고 있었다. 아직 어린 아기들을 키우고 있는 동네의 이웃 엄마들이 함께 모여 서로의 친목을 다지고 또 유치원 분위기도 익힐 수 있다는 점에서 무척이나 유용한 프로그램이라는 생각이 들었다.

유치원이 단지 현재 유치원에 다니고 있는 아이들과 그 엄마들만을 대상으로 하는 것이 아니라 아이들 주변의 다양한 사람들 그리고 또 지역사회와도 연계하여 함께 움직이고 있다니 참으로 인상적이지 않을 수 없었다. 그리고 와세다 유치원의 가을 운동회는 내게는 이런 모습들의 집약체 같은 느낌이었다.

운동회가 진행되는 동안 아이들은 일본식 전통 북 치기, 깃발을 이용한 댄스 등 그동안 갈고닦은 멋진 공연을 보여주었고 공 던지기, 릴레이 달리기와 같은 운동 경기에서도 최선을 다했다.

하지만 아이들의 역할은 여기서 끝이 아니었다. 단순히 준비한 공연을 선보이고 각종 운동경기에 참여하는 것 이외에도 아이들은 운동회라는 커다란 행사를 이끌어나가는 하나의 주체로서 여러 가지 몫을 해냈다. 가장 연장자 반인 만 5세 반이었던 우리 아이들은 프로그램마다 그 프로그램을 위한 장비들을 스스로 나르고 또 정리했고, 각 프로그램이 시작될 때에는 한 명 한 명 단상으로 나와 수많은 사람 앞에서 마이크를 잡고 '프로그램 3번. 원장 선생님의 말씀이 있겠습니다.' 하는 식으로 운동회의 진행을 도맡아 하기도 했다. 어떤 행사이든 조금은 어설프고 조금은 더 시간이 걸리더라도 이런 식으로 아이들에게 직접 많은 부분을 스스로 이끌어 나가게끔 하는 와세다 유치원의 교육방식은 내게는 언제나 참으로 신선하고도 색다른 깨달음을 안겨주었다.

아이들이 한 명 한 명 단상으로 올라가 자신이 맡은 멘트를 말하는 것을 보면서 우리 아이들도 잘할 수 있을까 두근거리는 마음으로 기다리고 있었는데 드디어 우리 아이들의 차례가 오고 많은 일본 사람들 앞에서 일본어로 또박또박 발표하는 아이의 모습을 보니 무척이나 뿌듯한 마음이 들었다. 그리고 그때였다. 우리 아이들의 차례가 끝나자 갑자기 원감 선생님께서 그 수많은 사람 앞에서 이런 말씀을 덧붙이시는 것이 아닌가.

"방금 발표를 마친 연우와 은우는 일본에 온 지 이제 6개월 정도밖에 되지 않았습니다. 처음에 유치원에 들어올 때는 일본어를 하나도 하지 못했었는데 어느새 이렇게 잘하게 되다니 정말 자랑스럽네요."

선생님의 말씀이 끝나자 많은 일본 엄마들이 나를 보며 환하게 웃어주었고, 무엇보다 아이들을 향한 원감 선생님의 진한 애정이 듬뿍 느껴져서 더할 나위 없이 기쁘고 행복했던 순간이었다.

파란 가을 하늘, 아이들의 깔깔대는 웃음소리, 온 가족이 하나 되어 외치던 응원 구호, 아이를 같은 유치원에 보내는 이웃사촌들 간의 정겨운 대화, 이 모든 것들이 어우러진 와세다 유치원의 가을 운동회는 모든 면에서 무척이나 성공적이었다. 그리고 성공적이었던 가을 운동회만큼 우리 가족의 일본 생활도 그렇게 성공적으로 무르익어가고 있었다.

PART 3

기억할게,
너와 함께 한 그 반짝이던 시절을

우리가 진짜 주인공!

- 어린이 학예회

와세다 유치원에서 1년을 보내는 동안 기억에 남는 행사들이 정말 많이 있었지만 그중에서도 가장 기억에 남는 행사를 꼽으라고 한다면 나는 아마도 망설임 없이 12월에 있었던 어린이 학예회를 꼽을 것이다.

와세다 유치원의 어린이 학예회는 아이들이 한 달여가량 준비한 연극을 부모님들 앞에서 선보이는 자리였는데 사실 이런 행사는 한국의 유치원에서도 많이들 하기에 나는 딱히 크게 기대를 하지는 않았었다. 그런데 막상 뚜껑을 열고 보니 세상에나, 하나에서부터 열까지 어디 하나 놀랍지 않은 구석이 없었다.

우선은 작품 선정 방식부터 달랐다. 학예회 날 아이들이 선보인 연극은 백설 공주나 신데렐라처럼 우리에게 흔히 알려진 작품이 아니라 나는 한 번도 들어본 적이 없던 무척이나 낯선 작품이었다.

나중에 들어보니 아이들이 평소에 선생님과 함께 읽었던 동화책 중에서 가장 좋아했던 작품으로 함께 의논하여 고른 것이라고 했다. 대본도 마찬가지였다. 선생님이 대본을 짜서 아이들에게 나누어주면 아이들이 그것을 있는 그대로 외워서 연습하는 것이 아니라 선생님과 아이들이 함께 작품을 골랐듯 대본 역시 다 같이 읽었던 동화책 내용을 바탕으로 해서 서로 의논하여 함께 만들었다고 했다. 그렇다 보니 연극을 준비하는 한 달여 정도의 시간 동안 대사도 등장인물도 그리고 누가 어떤 역할을 맡을 것인지에 대한 역할 분담도 아이들의 의견에 따라 수시로 계속해서 바뀌었다.

그뿐만이 아니었다. 연극에 필요한 각종 무대장치와 소품, 그리고 무대의상까지도 모두 다 아이들의 몫이었다. 그해에 선보인 연극은 아이들이 꿈속에서 마법의 숲으로 여행을 떠나 그곳에서 일생일대의 모험을 마치고 다시 꿈에서 깨어난다는 내용이었는데 아이들은 각종 도화지와 색종이, 비닐봉지 등등 주변에서 쉽게 찾을 수 있는 재료들을 이용해서 자신의 역할에 맞게 너무도 깜찍한 소품과 의상들을 만들어냈다.

나는 그중에서도 공주님 역할을 맡은 아이들이 핑크색, 파란색 등등의 비닐 포대와 색색의 리본 끈으로 너무도 귀여운 드레스를 만들어 입은 것을 보며 얼굴 가득 미소를 짓지 않을 수가 없었다. 그 외에도 아이들이 마법의 숲으로 들어가는 문이 되어주는 옷장, 숲속의 나무, 공주님들이 갇히게 되는 감옥까지 하나하나 다 아이들의 아이디어가 빛

나는 무대 장치들을 보면서 모든 일에 아이들의 직접적인 참여를 중시하는 와세다 유치원 특유의 교육방식에 새삼 감탄하고 말았다.

아이들의 연극은 특별한 장소가 아니라 여느 때처럼 늘 각종 행사가 열리던 유치원 2층의 강당에서 소박하게 진행되었다. 연극이 본격적으로 시작되기 전 아이들이 1층 교실에서 준비하는 동안 2층에서는 원감 선생님께서 빔프로젝터로 뭔가를 준비하느라 한참이셨다. 도대체 뭘 보여주시려는 걸까 궁금해하고 있었는데 그것은 다름이 아니라 바로 아이들이 연극을 준비하는 과정이었다! 아이들이 연극을 준비하는 과정을 따로 보여주실 줄이야. 정말이지 예상치 못한 일이었다.

선생님은 사진과 영상을 하나하나 보여주시면서 이때는 어떤 일이 있었는지 이 아이디어는 누가 냈는지 아이들이 어떤 방식으로 협동하여 어떤 결과물을 만들어내게 되었는지 아주 소소한 에피소드까지 하나하나 웃으며 설명해주셨다. 아이들이 옹기종기 모여 깔깔대고 웃으면서 하나의 결과물을 향해 아이디어를 짜내고 서로의 의견을 공유해가는 모습, 그리고 그 옆에서 그 모습을 애정 어린 눈으로 주의 깊게 지켜보고 계셨을 선생님을 떠올리고 있자니 나 역시 절로 흐뭇한 웃음이 지어졌다.

뒤이어 진행된 아이들의 연극은 무척이나 인상적이었다. 물론 객관적인 시각에서 결과물만 놓고 보자면 그것은 더할 나위 없이 초라하고 볼품없는 공연이었을 수도 있겠다. 아이들이 직접 만든 대본은 어딘가 좀 엉성했으며, 폐품 박스에 종이를 붙여 어설프게 만든 커다란 옷장과 색색의 비닐 포대에 리본 끈을 붙여 장식한 공주님들의 촌스러운 드레스, 그리고 그에 덧붙여 어색하기만 하던 아이들의 연기까지 정말이지 세련됨이라고는 단 하나도 찾아볼 수가 없는 그런 공연이었다. 하지만 그렇기에, 그렇게 어설프고 촌스럽고 어색했기에 그 공연은 오히려 더 반짝반짝 빛이 났다.

아이들은 하나부터 열까지 모두 다 자신들의 손길이 닿아 있던 그 연극에 큰 애정을 느끼는 듯했고, 그래서인지 연극을 하는 동안에도 아이들의 얼굴에서는 내내 웃음이 끊이지 않았다. 와세다 유치원의 대부분의 행사가 다 그러하듯 이 공연 역시 학부모들의 사진 촬영이 일절 금지되어 있었던지라 학부모들이 사진에 대한 부담감 없이 아이들의 공연을 있는 그대로 즐길 수 있었다는 점도 역시 무척 마음에 들었다. 그리고 꼭 내 아이의 차례가 아니더라도 아이들이 직접 만든 대사와 의상, 소품들을 구경하며 미소 짓느라 단 한시도 눈을 뗄 수가 없던 그런 공연이었다.

우리 아이들 역시 이 공연을 준비하며 무척이나 즐거워했다. 늘 주목받기를 좋아하던 작은 아이는 이 연극의 주인공 격인 모험을 하는 아이 중 한 명을 맡았는데 연극 준비를 어찌나 좋아했던지 일본어로 된 자기 대사는 물론이고 친구들의 대사까지 대본을 통째로 다 외워서 집에서도 혼자 일인다역을 맡아 수시로 처음부터 끝까지 연극을 다 진행할 정도였으니 아이가 그 연극을 얼마나 좋아했는지는 굳이 더 많은 설명이 필요하지 않을 듯하다.

워낙에 키가 작고 애교도 많아 유치원 친구들의 귀여움을 독차지했던 큰아이는 공주님들과 함께 다니는 강아지 역을 맡았다. 세상에, 공주님도 아니고 공주님과 함께 다니는 강아지라니 다른 역할도 많고 많은데 무슨 이런 역할을 맡았단 말인가. 원작에 정말 그런 역할이 있기는 했던 걸까? 아마도 반 아이들이 큰아이에게 강아지가 너무나 잘 어울린다 생각해서 일부러 만들어낸 역은 아니었을까? 아이가 연극에서 도대체 어떤 모습을 보여줄지 나는 도무지 예측조차 되지 않았다.

그런데 아이가 드디어 공주님들과 함께 무대에 등장한 바로 그 순간 나는 아이들이 도대체 왜 큰아이에게 그런 역할을 맡겼는지 바로 알 수가 있었다. 아이는 정말 강아지처럼 네발로 기어 나와 너무도 해맑은 모습으로 멍멍멍 짖으며 무대를 뛰어다녔다. 아이가 연극 스토리도 잊고 지나치게 오래 뛰어다니는 바람에 공주님들마저 나서서 이 강아지를 진정시켜야 할 정도였으니 이 정도면 진정 메소드급 연기라 할 수 있지 않았을까. 하하.

큰아이의 등장과 함께 관객석은 순식간에 웃음바다가 되어버렸고 학예회가 끝나고 난 뒤에도 많은 일본 엄마들이 몇 번이나 내게 다가와 큰아이의 그때 그 강아지 연기에 대해 환하게 웃으며 이야기를 건넬 정도였으니 비록 대사는 '도와주세요!'라는 단 한마디뿐이었지만 이보다 더 강렬한 씬스틸러(주연을 능가하는 조연)가 또 있을 수 있었을까.

아이는 요즘도 와세다 유치원의 그때 그 학예회 이야기를 꺼내면 공주님들과 함께 발레를 해야 했던 건 정말 최악이었다며 고개를 절레절레 흔들곤 한다. 하지만 연우야, 이것만은 기억해두렴. 그때 그 순간 너는 엄마 눈에 세상 그 무엇보다 더 반짝이는 존재였단다!

와세다 유치원의 어린이 학예회는 결과보다는 과정, 겉모습보다는 내실, 그리고 무엇보다 가르침보다는 아이가 스스로 하는 자율성이라는 일본의 취학 전 공교육이 추구하는 가치와 덕목을 너무도 매력적으로 여실히 보여주었던 인상적인 행사였다.

아이들은 어른들이 정성 들여 만들어 놓은 무대 위에 올라 자신의 멋지고 예쁜 모습을 마음껏 뽐내는 작은 공주님과 왕자님들이 아니라 처음부터 이 무대를 모두 기획하고 만들고 완성해 간 무대의 진정한 주인공들이었다.

배우이자 연출가, 극작가, 그리고 또 무대와 소품 디자이너까지 수많은 역할을 성공적으로 수행해낸 이 22명의 재능 많은 꼬꼬마들, 그리고 그 꼬꼬마들이 보여준 내 인생에 다시없을 그 아름다운 한 편의 연극을 나는 언제까지고 잊지 못할 것 같다.

그렇기에,
그렇게 어설프고 촌스럽고 어색했기에
그 공연은 오히려 더 반짝반짝 빛이 났다.

와세다 유치원의 만능 엔터테이너

전 세계의 대부분의 나라가 다 그러하듯 일본도 유치원에서 남자 선생님을 찾기란 매우 힘든 일이었다. 와세다 유치원 역시 모든 선생님이 다 여자분이셨고 유일하게 원장 선생님만 남자분이셨는데 내게는 이 원장 선생님이 상당히 특별한 기억으로 남아 있다. 한국에서도 아이들을 유치원에 보내보았지만 원장 선생님이라고 하면 뭔가 좀 거리감이 느껴지고 왠지 모르게 권위적일 것 같은 느낌이 있었는데 와세다 유치원의 사토 선생님은 내게는 여러모로 상당히 신선한 충격이었다.

와세다 유치원에서는 매달 그달에 생일을 맞은 아이들을 위해 제법 근사한 생일파티를 열어 주었는데 흥미롭게도 그 생일파티에는 생일을 맞은 아이의 부모도 함께 초대되었다. 나와 남편 역시 아이들의 생일이 있던 11월의 유치원 생일파티에 참여하게 되었는데 그 생일파티에서 상당히 독특한 코너를 하나 발견하게 되었다. 그것은 바로 아이들을 위한 원장 선생님만의 특별 공연 코너였다. 그날은 원장 선생님께서 풍선아트를 보여주셨는데 연습이 좀 부족하셨는지 '아니, 여러분. 어제는 참 잘 됐었는데 이거 정말 이상하네요.' 하시면서 연신 실수를 남발하시는 모습에 아이들뿐만 아니라 나마저도 빵 하고 웃음이 터져 버리고 말았다.

나중에 아이들에게 이야기를 들어보니 원장 선생님께서는 아이들을 위해 매달 생일 파티 때마다 새로운 공연을 준비해 오신다는 것이었다. 이처럼 아이들에게 가까이 다가서기 위해 노력하시는 원장 선생님이라니 당연히 신선한 충격일 수밖에.

이뿐만이 아니었다. 원장 선생님은 각종 유치원 행사 때마다 내가 전혀 예상하지 못했던 모습으로 나타나 참으로 여러 가지 역할을 도맡아 해주셨다. 이전 봄 소풍 글에서도 언급한 적이 있었듯 봄 소풍 때는 알록달록한 종이 왕관에 빨간 보자기를 둘러쓴 숲의 제왕이 되어 아이들에게 큰 추억을 남겨주셨고, 가을 운동회 때는 아이들과 대결을 펼치는 일본식 도깨비, 텐구가 되어 한껏 과장된 몸짓과 목소리로 우리 모두에게 큰 웃음을 안겨주기도 하셨다.

그 외에도 유치원의 유일한 남자 선생님이다 보니 힘을 써야 하는 일이라거나 궂은일이 생기면 마다하지 않고 열심히 도와주셨다. 유치원 정원에서 아이들이 모여 군고구마를 구워 먹던 날에는 트레이닝복 차림으로 나오셔서 아이들에게 직접 군고구마를 구워주기도 하셨고, 떡 만들기 행사인 모치츠키가 있던 날 역시 다른 누구보다 더 열심히 행사에 참여해 주셨다. 그야말로 아이들을 위한 와세다 유치원의 만능 엔터테이너 같은 존재이셨다고나 할까.

한 번은 이런 일도 있었다. 보통 아침 등원 길에는 원감 선생님께서 유치원 정문 앞에 서서 아이들과 학부모들을 반겨주셨는데 가끔은 원장 선생님도 함께 서 계시는 경우가 있었다. 그날도 여느 때처럼 선생님들께 반갑게 인사하고 유치원 안으로 들어서려던 참이었는데 원장 선생님께서 우리 아이들을 보시더니 이렇게 인사를 건네주시는 것이 아닌가.

"연우군, 은우군! 생일을 정말 축하해요! 오늘도 즐거운 하루를 보내기 바래요!"

세상에나, 아이들 한 명 한 명의 생일을 다 기억하시고 그 생일날에 맞춰 직접 생일 축하 인사를 건네주시다니 이 얼마나 세심하고도 다정한 원장 선생님이란 말인가!

하지만 무엇보다도 가장 놀라운 점은 따로 있었다. 그것은 바로 이 원장 선생님이 이 유치원만 맡고 계신 것이 아니라 바로 옆에 붙어 있던 와세다 소학교의 교장 선생님도 함께 겸하고 계신다는 점이었다.

유치원이야 원생을 다 합친다고 해도 60여 명 정도인 작은 규모니 그렇다 치겠지만 와세다 소학교의 경우는 학년이 무려 여섯 학년에 학생 수만도 수백 명에 달하는 커다란 규모일 텐데 유치원 아이들에게까지 이렇게 하나하나 세심하게 관심을 쏟아주시다니 정말 대단하다고

밖에는 달리 표현할 길이 없었다.

생각해 보면 원장 선생님뿐만이 아니었다. 와세다 유치원의 모든 선생님은 다 내게 참으로 특별한 기억으로 남아 있다. 그중에서도 와세다 유치원의 선생님들을 떠올릴 때면 항상 가장 먼저 생각이 나는 것은 선생님들의 트레이닝복 차림이다.

와세다 유치원의 선생님들은 언제나 질끈 묶은 머리에 편안한 면 티셔츠, 그리고 트레이닝복 바지 차림을 하고 계셨다. (생각해 보면 소학교의 담임선생님들도 마찬가지셨던 것 같다) 아이들의 유치원 생활을 모두 담은 졸업앨범에서조차 선생님들은 모두 면 티셔츠 차림들이셨으니 이쯤 되면 이는 선생님들의 일상 유니폼 같은 것이었달까.

아이들의 앞에 서서 아이들을 가르치고 아이들을 이끌어 나간다기보다는 아이들의 눈높이에서 아이들과 함께 어울려 함께 뛰고 함께 뒹굴기 위해서는 아무래도 면 티셔츠에 트레이닝복 바지만큼 적당한 옷이 없었으리라. 그래서인지 선생님들의 트레이닝복 바지는 늘 아이들을 향한 선생님들의 세심하고도 따스한 마음까지도 함께 떠올리게 했다.

원장 선생님의 위치에 계시면서도 너무 무겁고 진지하지만은 않게 친근한 모습으로 아이들을 위한 만능 엔터테이너가 되기를 주저하지 않으셨던 사토 원장 선생님, 언제나 편안한 트레이닝복 차림으로 아이들의 곁에서 아이들의 가장 가까운 친구가 되어주셨던 미나미 원감 선생님과 키타하라 담임선생님, 이 세분들이야말로 우리 가족이 와세다 유치원에서 보낸 1년을 이토록 의미 있게 만들어 주신 가장 큰 조력자들이 아니었을까 생각해 본다.

전통문화를 소중히 생각하는 사람들

1년 반 정도 일본에서 생활하면서 일본인들에게서 잘 알지 못했던 여러 가지 면을 많이 발견하게 되었는데 그중 무척이나 인상적이었던 하나는 그들이 자신의 전통문화에 보여주는 커다란 애정과 존중이었다. 여름이면 일본 전역 어디에서든 쉽게 만날 수가 있던 일본인들의 여름 축제, 나츠 마츠리가 그 대표적인 예다.

나츠 마츠리는 말 그대로 온 동네가 시끌시끌해지는 동네잔치 같은 것이었다. 마츠리에만 가면 아이들의 친구들은 물론 동네 이웃들까지 모두 한자리에서 만날 수가 있어서 우리 같은 이방인들마저도 여기저기 인사하고 안부를 묻느라 무척이나 분주한 시간을 보내야 했을 정도였으니 말이다. 요즘처럼 개인주의가 만연한 현대사회에서 수많은 이웃 주민들이 한자리에 모여 이처럼 함께 웃고 떠들며 즐길 수 있는 기회가 있다니 꽤 새롭고도 이색적인 경험이었다.

그런데 재밌는 사실은 이러한 마츠리가 그 형식이나 내용 측면에서 철저히 전통적인 스타일을 그대로 유지하고 있다는 점이었다. 우리는 도쿄, 그중에서도 도쿄의 가장 번화한 핵심 지역 중 한 곳이라 할 수 있는 신주쿠구에 살고 있었지만 그곳에서 열리던 작은 동네 마츠리 역시 전통적인 스타일을 고수하고 있기는 마찬가지였다.

일본다움이 잔뜩 묻어나는 음악과 등불, 전통적인 먹거리와 게임들, 여기저기에서 보이는 유카타와 기모노를 입은 사람들, 그리고 무엇보다 축제의 중심에서 펼쳐지는 일본의 전통 공연이 그러했다. 우리나라에서였다면 그저 나이 든 사람들만의 문화라 치부되었을 전통 공연에 다양한 연령대의 사람들이 모두 적극적으로 참여하고 그 공연이 끝나고 나면 남녀노소 가리지 않고 다 함께 어울려 그야말로 덩실덩실 신나게 전통춤을 따라 추는 모습은 내게는 무척이나 낯설면서도 또 동시에 상당히 부러운 장면이기도 했다.

일본인들이 이처럼 자신들의 전통문화에 애정을 가지고 친근감을 느끼는 이유는 아마도 어린 시절부터 그 전통문화를 아주 가까이에서 자연스럽게 접하며 자라났기 때문일 것이다. 와세다 유치원에서도 역시 여러 가지 다양한 방식으로 아이들에게 일본의 전통문화를 접하고 배울 기회를 만들어 주고 있었다. 아이들이 직접 준비한 유치원의 여름 축제는 어른들의 그것과 조금도 다를 바 없이 지극히도 전통적인 방식으로 진행되었다.

아이들과 선생님 모두 일본의 전통 의상인 유카타나 기모노를 입었고, 진행되는 게임도 모두 전통적이었으며, 축제가 끝난 후에 북을 두드리며 음악에 맞추어 다 함께 전통춤을 추는 코너도 빠지지 않았다.

그 외에도 모치츠키 행사 때는 학부모들까지 다 함께 모여 전통적인 방식으로 떡을 만들어 나누어 먹었고, 콩을 던져 악귀를 몰아낸다는 마메마키 행사 때는 유치원의 시설을 관리해주시는 분들이 일본식 악귀로 분장하고 나타나셔서 아이들이 직접 콩을 던지며 마치 신나는 놀이처럼 그 전통의식을 친근하고도 자연스럽게 받아들일 수 있도록 도와주었다.

그뿐만이 아니었다. 일본식 큰 북인 타이코를 배워보는 시간, 히나마츠리(여자 어린이들의 무병장수와 행복을 빌기 위해 해마다 3월 3일에 치르는 일본의 전통축제) 행사에 맞추어 전통 공예품을 만들어 보는 시간, 일본식 전통 다도를 체험해 보는 시간 등등 와세다 유치원에서는 생각보다 훨씬 더 많은 시간을 일본의 전통문화 교육에 할애하고 있었다. 그리고 이러한 적극적인 방식의 전통문화 교육은 소학교에서도 계속해서 이어졌다. 소학교 운동회 때 아이들이 한 달 정도를 열심히 연습하여 보여준 공연들 대부분이 일본의 전통적인 느낌을 그대로 살린 공연들이었고 이를 대하는 아이들의 모습도 모두 무척이나 진지해 보였다.

일본에 살면서 내가 바라본 일본인들은 겉으로 드러내지는 않더라도 알게 모르게 자신들이 일본인이라는 사실에 큰 자부심을 가지고 있는 듯 보였다. 아직도 전통적인 스포츠인 스모가 전국적으로 큰 인기를 끌고 특별한 날이면 그날을 기념하기 위해 기모노를 꺼내 입는 사람들(실제로 아이들의 소학교 입학식 때도 기모노를 입고 온 엄마들이 있었고, 거리에서도 조금의 어색함 없이 기모노를 입고 다니는 사람들을 종종 볼 수가 있었다), 그들이 보여주는 자신들의 전통문화에 대한 애정은 그들 안에 숨어 있는 나는 일본인이라는 자부심과도 일맥상통하는 것처럼 느껴졌다.

물론 요즘같이 급변하는 세상 속에서 점점 사라져 가는 전통문화에 관심을 가지고 이를 지켜나가기가 결코 쉽지 않음을 나도 알고 있다. 하지만 그렇기에 더더욱 어려서부터 아이들에게 의도적으로라도 전통문화를 접할 기회를 계속해서 제공해 주는 것이 오히려 더 필요한 일이 아닐까 싶다. 한국의 전통문화를 안다는 것은 어찌 보면 다른 그 어느 나라 사람도 아닌 오직 한국인이기에 누릴 수 있는 소중한 특권일 테니 말이다.

가깝고도 먼, 멀고도 가까운 사이

이전에도 쓴 적이 있지만 와세다 유치원은 셔틀버스가 없어서 모든 엄마가 정해진 시간에 직접 아이와 함께 등원하고, 또 정해진 시간에 모두 모여 아이와 함께 선생님의 종례를 들은 뒤 하원하는 시스템이었다. 유치원의 같은 반 엄마들이라면 하루에 두 번씩은 모두 다 반드시 얼굴을 볼 수밖에 없었고, 그 이외에도 학부모 참여 프로그램, 유치원 행사 준비 등등 엄마들이 참여해야 할 일이 정말 수도 없이 많아서 가끔은 하루에도 몇 번씩 얼굴을 볼 수밖에 없는 사이들이었다.

한국에서 아이들을 유치원에 보낼 때는 친한 엄마들 몇몇이 사적으로 모이는 것이라면 모를까 모든 엄마가 이처럼 다 단체로 함께 얼굴을 보는 일은 일 년에 몇 번 있을까 말까 한 연례행사 같은 일이었지만 와세다 유치원에 다니는 동안에는 말 그대로 매일매일 엄마들의 단체 모임이 있던 셈이었다. 그렇다 보니 와세다 유치원 내의 엄마들 간의 관계는 내게는 한 번도 겪어보지 못한 무척이나 독특한 경험이었다.

와세다 유치원의 엄마들은 매일매일 얼굴을 보는 사이인 만큼 분명 서로 무척이나 가까웠지만, 그 가까움은 한국 엄마들의 그것과는 조금 달랐다.

한국의 엄마들은 조금만 친해져도 마치 친한 친구처럼 서로 격의 없이 자신의 사적인 이야기도 모두 털어놓고 개인적으로도 자주 만났지만 원래 자신의 이야기를 잘 터놓지 않는 일본인의 특성 탓인지 일본 엄마들에게는 가깝다고 하더라도 서로 분명 어느 정도의 선이 있어 보였다. 뭐랄까 내게는 약간 회사 동료 같은 느낌이었달까.

우리는 와세다 유치원이라는 회사로 매일매일 출퇴근을 하듯 서로를 만났고, 마치 회사에서 프로젝트를 수행하듯 그때그때 팀을 짜서 머리를 맞댄 채 여름 축제, 가을 운동회, 송별회 등등 수많은 행사를 함께 준비하고 진행해 갔다.

매일 아침 9시까지 등원하면서도 모두가 늘 단정한 옷차림에 풀메이크업을 하고 나타난다거나 서로가 서로에게 '○○씨'라는 깍듯한 호칭을 사용하는 것도 내게는 뭔가 회사 동료들을 마주하는 것만 같은 느낌이었다. 매일매일 만나는 회사 동료들과 굳이 따로 또 시간을 내어 개인적인 만남을 갖지 않듯이 와세다 유치원의 엄마들 역시 개인적으로 따로 만나는 일은 거의 없는 듯 보였다.

하지만 와세다 유치원의 엄마들 사이에는 분명 말로는 뭐라 표현하기 힘든 아주 끈끈한 유대감이 있었다.

와세다 유치원에서의 1년이 거의 다 끝나갈 무렵, 한 해를 정리하는 여러 행사가 열렸는데 그중 학부모와 담임선생님 간의 대화시간이 있었다. 선생님을 중심으로 모든 엄마들이 동그랗게 둘러앉아 각자 지난 1년을 되돌아보며 서로에게 하고 싶었던 이야기를 전하는 시간이었는데 한 명씩 한 명씩 담담하게 자신의 이야기를 풀어놓던 중 결국 한 엄마가 눈물을 보이기 시작했다. 그러자 그 눈물은 곧 순식간에 온 교실로 퍼져나갔고, 결국 교실 전체가 온통 눈물바다가 되어버리고 말았다.

그 모임에 참석했던 유일한 남자들이었던 남편과 이쟈네 아빠는 그 상황이 무척이나 당황스러운 듯 보였다. 남편은 일본 엄마들이 왜들 저렇게 우는지 도무지 이해할 수가 없다는 표정이었고, 서양인이었던 이쟈네 아빠는 이 모습을 일본 특유의 전체주의적 산물이라 여기며 무척 기이하게 바라보는 듯한 모습이었다.

하지만 나는 일본 엄마들이 흘리는 그 눈물의 의미를 충분히 이해할 수 있었다. 아니 단순히 이해만 하는 것이 아니라 나 역시도 울컥하고 쏟아져 내릴 것만 같던 눈물을 겨우겨우 참고 있던 중이었다.

모임이 있던 그다음 날 사정이 있어 그 모임에 참석하지 못했던 이쟈네 엄마를 만났다. 이쟈네 엄마가 먼저 내게 다가와 이렇게 물었다.

"어제 완전 영화의 한 장면 같았다면서?"

"아, 들었어? 그야말로 눈물바다였지. 다들 훌쩍훌쩍 울고 난리들인데 남자 둘이서만 그사이에 껴서 도대체 다들 왜 이러냐는 표정으로 어쩔 줄 몰라 하고 있더라고. 하하하."

그러자 이샤네 엄마가 한참을 깔깔대더니 이렇게 말을 했다.

"아, 아무튼 남자들이란. 난 이해해, 그 눈물들. 서로 그렇게나 가까운 사이들이었는데 어떻게 아쉽지 않을 수 있겠어. 나라도 그 자리에 있었다면 아마 펑펑 울어버렸을 거야."

그렇다. 그것은 국적을 불문하고 와세다 유치원에서 함께 시간을 보낸 엄마들이라면 누구라도 공감할 수 있었던 그런 눈물이었다.

와세다 유치원의 엄마들 사이에는 서로와 서로를 연결하는 수많은 추억들이 있었다. 매일매일 내 아이의 성장을 함께하며 울고 웃었던 그 수많은 추억이 그들과 함께 한 그 일 년 속에 고스란히 담겨 있었다. 나는 비록 일본어가 많이 부족해서 그 엄마들과 개인적으로 만남을 가져 본 적도 없고 딱히 대단한 친분을 쌓아 보지도 못했지만 내게 그 엄마들은 한 명 한 명 모두 다 굉장히 특별한 사람들이었다.

시간이 흐르고 흘러 내 아이가 훌쩍 커버리고 난 뒤 아이의 어린 시절을 되돌아보게 된다면 그 시간 속에서 나는 분명 그 엄마들과의 추억도 함께 기억해 낼 것이 틀림없다. 우리는 길다면 길고 또 짧다면 짧을 그 1년이라는 시간 동안 서로의 아이들의 성장을 함께 지켜보고 함께 추억을 나누며 그 무엇과도 비교할 수 없는 끈끈한 동지애를 공유한 사이였다.

많은 엄마들이 이야기하듯 육아란 결코 쉬운 과정이 아니다. 특히 그

것을 혼자 오롯이 다 떠안아야 할 때 주어지는 부담감이란 이루 다 말할 수 없는 것이리라. 나 역시 일본이라는 낯선 땅에서 두 아이를 키우며 힘들고 외롭다 느낄 때도 여러 번 있었다. 하지만 그때마다 그 감정들을 공유하며 함께 나눌 수 있었던 따듯한 동료들이 곁에 있었기에 그 시간들을 잘 이겨낼 수 있지 않았나 생각해 본다.

자칫 힘든 기억으로만 남을 수 있었던 타국에서의 육아를 이토록 멋진 추억으로 만들어 준 나의 잊지 못할 와세다 유치원 육아 동료들에게 이 글을 빌어 진심으로 감사함을 전한다.

나의 와세다 유치원 성장기

- 엄마 이야기

남편이 회사 지원으로 유학 기회가 생겨 온 가족이 다 해외로 나가야 한다는 사실을 처음 알았을 때도 나는 딱히 크게 걱정이 되지는 않았다. 물론 남편이 갑작스럽게 미국이 아닌 일본으로 유학을 가겠노라고 선언했을 때는 당황스럽긴 했지만 그것도 이내 곧 순순히 받아들였다. 일본도 나쁘지 않다고 생각했다. 나는 대학 때 캐나다에서 6개월간 어학연수를 했던 것을 제외하면 딱히 외국에서 길게 살아본 경험은 없었지만 워낙 여행을 좋아했기 때문에 비교적 해외 경험이 많은 편이었고 일본도 이미 여행으로 몇 번이나 다녀왔던 곳이었다.

그리고 나는 무엇보다 영어를 잘했다. 그랬기에 해외 어디에 나가서도 그다지 어려움을 겪어본 적이 없었고, 이번 남편의 유학 기간에도 당연히 별 무리 없이 잘 생활할 수 있을 것이라 믿었다.

아이들을 일본 현지 유치원에 보내면서도 마찬가지였다. 일본 선생님이나 일본 엄마들과 과연 얼마나 깊은 대화를 나누겠는가. 간단한 대화 정도는 그냥 영어로 하면 되리라 생각했다. 한편으로는 아니 어쩌면 오히려 다른 일본 엄마들이 영어로 대화를 해보기 위해 나와 가까워지려 애쓸지도 모른다는 그런 앙큼한 상상도 하고 있었다.

하지만 지금 와서 돌이켜 보면 이 얼마나 황당무계한 생각이었던지. 영어권 국가도 아닌 곳, 그것도 일본에서 그리고 일본 중에서도 국제 유치원이나 영어 유치원도 아닌 아주 평범한 구립 유치원에서 다른 사람들과 영어로 대화를 하면 될 것으로 생각했었다니 이 얼마나 순진무구한 발상이었단 말인가!

일본은 내가 생각했던 것보다 훨씬 더 영어가 통하지 않는 곳이었다. 관광객들이 많이 찾는 유명 관광지라면 모를까 그 외에는 영어가 통하는 곳을 거의 찾아볼 수가 없었다. (사실 생각해 보면 우리나라도 상황이 별반 다를 것 같지는 않다)

유치원에서도 처음에는 아무 생각 없이 자연스럽게 일본 엄마들에게 영어로 말을 붙여보았지만 그때마다 나는 너무도 친절하던 일본 엄마들의 표정이 순식간에 바뀌어 버리는 것을 매번 목격하게 되곤 했다.

그것은 외국인에 대한 거부감도, 혹은 일본에서는 일본어를 쓰라는 일종의 텃세도 아니었다. 그것은 말 그대로 아주 순수한 당황스러움의 표정이었다. 어느 날 한 외국인이 갑자기 내게 다가와 알아들을 수 없는 말로 뭐라 뭐라 말을 붙여올 때의 바로 그 당황스러움 말이다.

그렇다. 나는 그렇게 그 사람들을 너무도 당황스럽게 만들고 있었던 것이다. 시간이 어느 정도 흐르고 나자 결국 깨닫게 되었다. 내가 뭔가 방향을 잘못 잡고 있다는 것을. 그런 방식으로는 절대 그 사람들과 가까워질 수 없었다.

나는 서둘러 국제 배송으로 일본어 교재를 주문하고 남편의 소개를 받아 일본어 과외도 시작했다. 그리고 그 후로는 일본 엄마들에게 절대로 영어로 말을 붙이지 않았다. 힘들고 어색하고 서툴러도 어떻게든 일본어로 이야기하려 노력했고, 영어 단어도 버스는 바스로 택시는 타쿠시로 최대한 일본식으로 발음하려 애썼다.

사실 영어는 내가 가지고 있던 가장 강력한 무기였다. 해외로 나갈 때면 특히나 더더욱 그러했다. 그런 내게 영어를 완전히 내려놓는다는 것은 참으로 쉽지 않은 일이었다. 하지만 이제는 상황이 달라졌음을 인정해야 했다.

나는 이전처럼 여행자가 아니었다. 나는 이제 그 누구도 초대하지 않은 그들의 바쁘고 치열한 일상 속에 제 발로 저벅저벅 걸어 들어간 한 명의 이방인일 뿐이었다. 그들이 나를 특별하게 생각하고 보살펴주어야 할 의무도, 내가 그들에게 그런 친절을 요구할 권리도 없었다. 노력해야 할 사람은 그들이 아니라 바로 나였다.

나는 정말 '곤니치와'와 '아리가또'만 알고 일본에 간 상태였기 때문에 처음에는 거의 짐승과 같은 수준이었다. 할 수 있는 말도 알아들을 수 있는 말도 거의 없어서 정말 간단한 대화도 손짓, 발짓까지 해가며 어렵게 이어나가야 했다. 그렇다 보니 일본 엄마들은 나의 일본어가 늘어가는 것을 무척이나 신기해하는 눈치였다. 내가 아주 간단한 일본어만 건네도 대단하다며 잔뜩 추켜세워 주었고, 나의 일본어 공부에 언제나 큰 응원을 보내주었다.

그렇게 나는 조금씩 조금씩 일본어에 익숙해져 갔고, 와세다 유치원에서의 1년이 다 끝나갈 때쯤에는 여전히 서투르긴 하지만 그래도 일본 엄마들의 폭풍 수다 사이에 끼어 대충 그 내용을 이해하고 어느 정도 내가 하고 싶은 말도 할 수 있는 수준까지 오를 수 있었다.

그리고 그 외에도 나는 유치원의 각종 학부모 모임 및 행사에 정말 열심히 참석했다. 사실 지금 생각해 보면 굳이 그렇게까지 열심히 참석했어야 할 이유가 없었다. 나는 외국인, 그것도 일본어가 무척이나 서툰 외국인이었기에 그 누구도 나에게 많은 것을 바라거나 기대하지 않았다. 내가 그 모임에 참석한다고 해도 그저 자리만 지키는 것일 뿐 그 사람들에게 딱히 도움 될 것이 없었기 때문이다.

그럼에도 나는 매번 꿋꿋이 가서 자리를 지켰다. 도대체 왜였을까? 아마도 한국인으로서 좋은 이미지를 남겨주고 싶다는 일종의 애국심, 단순히 일본어를 못한다는 이유로 열외가 되고 싶지 않다는 묘한 자존심, 그리고 가장 큰 부분은 분명 내 안에 숨어있는 나 스스로도 도저히 어찌할 수 없었던 바로 그 모범생 본능 때문이었으리라.

사실 와세다 유치원의 일본 엄마들은 처음에는 대부분 내게 특별한 관심을 보이지 않았다. 물론 그중 몇몇은 외국인인 나에게 호기심을 가지고 호감을 보여주었고, 또 그중 몇몇은 알게 모르게 묘한 거부감을 드러내기도 했지만 대부분은 별다른 관심이 없었다. 도쿄, 그중에서도 신주쿠는 유독 외국인의 비율이 높은 지역이었고 나는 그런 수많은 외국인 중 한 명이었을 뿐이니 말이다.

하지만 일본어라고는 한마디도 하지 못하던 내가 열심히 일본어를 배워 어느새 조금씩 조금씩 일본어를 말하게 되고, 굳이 나올 필요 없는 모임에까지 매번 나와 내 몫을 다 해내려는 모습을 보이자 상황은 조금씩 달라지기 시작했다. 개인적으로는 여전히 대부분의 엄마들과 그리 가까운 사이라 할 수 없었지만 그래도 모두들 나를 긍정적인 시선으로 바라보고 도움을 주려 하는 것을 느낄 수 있었다.

한 번은 아이들이 소학교 때 사용할 란도셀 문제로 골치가 아팠을 때였다. 란도셀은 일본의 소학생들이 매고 다니는 특별한 가방으로 하나에 보통 40~50만 원은 하는 매우 고가의 물건인데 우리 아이들은 일본 소학교를 딱 6개월만 다니고 다시 한국으로 돌아갈 예정이었던지라 그런 고가의 란도셀을 굳이 두 개나 사기가 좀 애매했던 것이다.

그런데 내가 이런 고민을 하고 있자 따로 부탁도 하지 않았는데 와세다 유치원의 엄마들이 나를 위해 단체로 나서 주었다. 주변에 혹시 남는 란도셀이 있는지 알아봐 주고, 큰아이가 있는 엄마들은 큰아이의 소학교 어머니회에까지 연락해서 알아봐 주겠다고 했다. 그리고 결국엔 한 엄마가 우리 아이들이 6개월간 쓸 수 있는 란도셀을 하나도 아니고 무려 두 개나 구해서 가져다주었다. 세상에 이런 고마운 일이!

그뿐만이 아니었다. 우리가 한국으로 돌아갈 시기가 되었을 때는 이미 유치원을 졸업하고 한참이 지난 후였음에도 불구하고 유치원 엄마들이 단체 모임을 열어 나를 위한 깜짝 편지와 선물을 전해주기도 했고, 그 후에도 유치원에서 또 한 번의 단체 모임을 주선하여 우리가 유치원 선생님들과 작별 인사를 나눌 기회를 만들어 주기도 했다.

일본 생활을 마치고 한국으로 돌아온 지 8개월가량 되었을 때 우리는 오랜만에 도쿄로 가족여행을 다녀오게 되었다. 간 김에 와세다 유치원에서 가깝게 지내던 엄마들과 만나기로 했는데 그 엄마들이 내게 괜찮다면 다른 엄마들도 다 함께 만나는 것은 어떻겠냐는 제안을 해 왔다. 곧 한동안 잠잠했던 달님반 엄마들의 단톡방이 다시 시끌시끌해졌고 수많은 엄마가 그 모임에 참석하겠노라고 참석 의사를 밝혀 왔다. 생각해 보면 참으로 놀라운 일이었다.

나는 문득 일본에 처음 왔을 때의 내 모습이 떠올랐다. 그때는 늘 일본 엄마들과는 한발 멀리 떨어져서 말 한마디 못하고 혼자 어쩔 줄 몰라 하며 멀뚱멀뚱 바라만 보고 있었는데 이제는 단순히 우리가 도쿄에 여행을 온다는 이유만으로 이처럼 일본 엄마들이 다 같이 모여 환영하는 자리까지 만들어주다니!

그날 저녁 오랜만에 다시 만난 와세다 유치원 엄마들 사이에 끼어 그 누구보다 반갑게 인사를 나누고 환하게 웃으며 일본어로 신나게 수다를 떨고 있는 내 모습을 보면서 이게 꿈은 아닌가 싶을 만큼 나 자신이 무척이나 자랑스럽고 뿌듯하게 느껴졌다. 나는 이제 더 이상 와세다 유치원의 달님반에 있었던 한 '외국인' 엄마가 아니라 지금은 외국에 살고 있는, 다른 엄마들과 다를 바 없는 한 명의 평범한 달님반 엄마가 되어 있었던 것이다.

와세다 유치원에서의 1년은 아이들은 물론 나 스스로에게도 무척이나 의미 있는 성장의 시간이었다. 그 1년을 통해 나는 새로운 언어를 배우고, 새로운 문화를 접하고, 또 새로운 사람들을 만나며 그렇게 전에는 몰랐던 또 다른 세상으로 한 발을 내딛게 되었다.

아는 사람도 없고, 말도 통하지 않던 그곳에서 힘들지만 포기하지 않고 씩씩하게 한 단계 한 단계 밟아나가며 조금씩 조금씩 성공적으로 내 자리를 만들어나갔던 그 1년간의 기억은 앞으로도 내 인생의 큰 자산이 되어 나의 삶을 더욱더 풍요롭게 만들어 줄 것이라 믿어 의심치 않는다.

와세다 유치원에서의 1년은
아이들은 물론 나 스스로에게도
무척이나 의미 있는 성장의 시간이었다.

인생의 선배가 되어 간다는 것

이제 슬슬 정말로 유치원의 졸업 시즌이 다가오고 있던 2월의 어느 날, 이쟈네 가족과 점심을 먹다가 상당히 흥미로운 이야기를 하나 듣게 되었다. 이쟈네 가족이 전날 저녁에 밥을 먹고 있었는데 유치원 졸업 이야기가 나오는 바람에 갑자기 식사 시간이 온통 눈물바다가 되었다는 것이었다.

"그래, 이쟈도 아쉽겠지. 친구들하고도 헤어져야 하고."

"아니, 이쟈가 아니라 싸야 때문이었어. 이쟈는 오히려 소학생이 된다고 좋아했는걸. 그런데 싸야가 이제 언니랑 헤어져야 한다고 어찌나 울어대던지."

나는 순간 약간 의아한 생각이 들었다. 싸야는 한 살 어린 만 4세 반이었기 때문에 어차피 같은 반도 아니었는데 언니가 졸업하는 것이 도대체 뭐가 그렇게나 슬펐던 것일까?

"싸야가? 아니 왜? 어차피 같은 반도 아니었잖아."

"같은 반이 아니었어도 둘이 워낙 단짝이었으니까 그렇겠지. 놀이 시간 같은 때 보면 유치원 정원에서 만 3, 4, 5세가 항상 다 같이 어울려 노는 것 같던데?"

생각해 보니 정말 그랬다. 와세다 유치원은 유독 아이들의 나이를 가리지 않고 만 3, 4, 5세가 함께 어울려 노는 것을 중시했었던 것 같다. 물론 나이대별로 반이 하나씩밖에 없는 소규모 유치원이었기 때문에 더더욱 그러했겠지만 그런 점을 떠나서라도 의도적으로 아이들을 함께 어울리게 하는 경우가 많았다.

그 나이 또래의 아이들은 한 살 한 살이 무척 다른 시기여서 만 4세는 만 3세에 비해 훨씬 더 형님이었고, 또 만 5세는 만 4세와는 전혀 다른 성숙함을 뽐냈다. 그렇다 보니 이 아이들은 함께 어울려 놀며 서로가 서로에게 많은 영향을 끼치고 있는 듯 보였다. 나이가 더 많은 아이는 엄연한 인생의 선배로서 책임감을 가지고 동생들을 보살펴주었고, 나이가 더 어린아이들은 그런 형, 누나, 언니, 오빠들에게 의지하고 배우며 조금씩 성장해 나갔다.

4월에 우리 아이들이 첫 유치원 등원을 하던 날이었다. 그렇지 않아도 아이들이 잘 해낼 수 있을까 잔뜩 긴장한 채 도착한 상태였는데 유치원 입구가 온통 난리법석인 것이 아닌가. 도대체 무슨 일인가 하고 살펴보니 처음으로 엄마 품에서 떨어져 기관에 가게 된 만 3세 반의 아이들이 엄마와 떨어지지 않겠다고 유치원 입구에서 울고불고 난리가 난 것이었다.

그런데 가뜩이나 그것만으로도 정신이 없건만 만 5세 반의 아이들마저도 교실로 들어가지 않고 유치원 입구에 동생들과 함께 섞여 무언가를 기다리고 있었다. 도대체 무엇을 기다리고 있는 것인가 했는데 알고 보니 그 아이들이 기다리고 있던 것은 바로 만 3세 반의 동생들이었다. 고작 두 살밖에 더 많지 않은 아이들이었지만 그 아이들은 너무도 의젓하게 한 명씩 울고 있는 동생들에게 다가가 손을 꼭 잡고 울지 말라고 달래주며 유치원 안으로 함께 들어가 주었다.

당시 일본어라고는 한마디도 하지 못하고 어리바리하기만 했던 우리 아이들마저도 동생들을 달래는 일에 투입되어 의젓하게 동생들을 유치원으로 이끌어 주는 것을 보며 훌쩍 커버린 아이들의 모습에 흐뭇하게 웃게 되었던 기억이 난다.

어느 날이었던가 유치원 행사가 끝나고 난 뒤, 아이들이 뒷정리하는 모습도 내게는 상당히 인상적이었다. 여느 때처럼 2층 강당에 모여 행사를 했었는데 행사가 끝나자, 만 3세 반 아이들이 가장 먼저 선생님을 따라 1층 교실로 내려갔고, 그다음에는 만 4세 반 아이들이 자신들이 앉았던 의자를 하나씩 들고 정리를 한 뒤 뒤따라 내려갔다.

그리고 마지막으로 만 5세 반 아이들이 내려갈 차례가 되었는데 그 아이들이 자신들이 앉았던 의자는 물론이고 만 3세 반 동생들이 앉았었던 의자도 함께 정리한 뒤 내려가는 것이 아닌가. 고작 만 5살밖에 되지 않은 아이들이었지만 한 살 한 살 나이를 먹어가며 그것에 맞게 조금씩 조금씩 더 많은 책임감을 배워나가는 모습이 내게는 무척이나 신선하게 다가왔다.

유치원의 교육방식이 이러하다 보니 비록 같은 반이 아니더라도 아이들 간의 관계는 상당히 돈독했고, 늘 자신들을 보살펴 주고 도와주던 만 5세 반 형, 누나, 언니, 오빠들의 졸업이 동생들에게도 커다란 아쉬움으로 남게 되는 것은 당연해 보였다. 그런 아이들의 아쉬움을 아는 것인지 유치원에서는 만 5세 반 아이들이 졸업을 앞두고 동생들과 함께 많은 추억을 남길 수 있도록 여러 가지 활동들을 마련해 주었다.

아이들은 동생들과 함께 이별 소풍을 다녀오기도 했고 (이름이 정말 이별 소풍이었다!) 동생들이 직접 만든 귀여운 소품을 졸업 선물로 받아오기도 했다. 만 3세 반 아이들은 색종이로 연필 한 자루가 들어간 예쁜 튤립 한 송이를 만들어 주었고, 만 4세 반 아이들은 색색의 부직포를 오려 붙인 깜찍한 천 주머니를 선물해 주었다. 그리고 그 선물과 함께 건네준 종이에 적혀 있던 '그동안 함께 놀아줘서 고마워!'라는 짤막한 한 문구가 순간 내 마음을 찡하게 만들어 버리고 말았다.

물론 5세 반 아이들도 동생들의 선물을 그냥 받고만 있지는 않았다. 5세 반 아이들 역시 동생들을 위해 이별 선물을 따로 준비해 두었는데 그것은 다름 아닌 아이들이 선생님과 함께 직접 만든 나무 테이블이었다! 세상에나! 동생들을 위해 아이들이 직접 만든 나무 테이블이라니! 와세다 유치원에 1년간 아이들을 보내며 예상치 못했던 수많은 부분에서 매번 감동하고 또 감탄했지만 이번 선물에서는 그야말로 두 손 두 발 다 들어 버리고 말았다.

만 4세 반 아이들이 있는 딸기반에 나무 테이블이 부족해서 새로 만들어 선물하게 되었다고 하는데, 물론 선생님들이 거의 다 도와주시긴 했겠지만 그 조그마한 아이들이 모여 그 조막만 한 손으로 다 같이 망치질을 하고 페인트칠을 해서 동생들을 위한 테이블을 만들었다고 생각을 하니 나도 모르게 탄성이 절로 새어 나왔다. 아, 이 얼마나 매력적인 교육이란 말인가!

비록 만 5세밖에 되지 않은 아이들이었지만 우리 아이들은 와세다 유치원에서의 1년을 통해 인생의 선배로서 나보다 더 어린 동생들을 보살피고 돌봐주는 법을 배웠다. 한 살 한 살 나이를 먹어가며 그 나이만큼 자신에게 주어지는 일들에 대한 책임감을 배운다는 것, 그것만큼 소중한 교육이 또 무엇이 있을까.

하루하루 무럭무럭 자라나는 아이들에게 그런 소중한 배움의 기회들을 제공해준 와세다 유치원의 교육방식에 나는 그렇게 또 한 번 매료되고 말았다.

웃음과 눈물이 함께 했던 시간

- 학부모 주최 송별회

일본은 4월에 신학기가 시작되는지라 유치원에서의 마지막 달인 3월은 그간 아이들의 생활을 정리하고 마무리하는 기간이었다. 그중 가장 대표적인 행사가 바로 3월 초에 있었던 학부모 주최 송별회였다. 와세다 유치원에는 학부모들이 팀을 짜서 자체적으로 준비하고 이끌어가는 행사가 두 개 있었는데 그중 하나가 이 송별회였다. 나와 남편이 바로 이 송별회 팀에 속해 있었던지라 우리에게는 특히나 기억에 남을 만한 행사였다.

송별회 팀의 한 일원으로서 나는 일본 엄마들이 이 행사를 어떻게 준비하는지 처음부터 끝까지 다 지켜볼 수가 있었는데 놀랍게도 이 행사의 준비는 학부모회가 결성되던 4월 초부터 무려 1년간 조금씩 조금씩 꾸준히 진행되었다. 사실 같은 팀에 있으면서도 도대체 무엇을 얼마나 준비하기에 그렇게 오랜 시간이 필요한 걸까 궁금했었는데 송별회 당일이 되고 보니 그 이유를 확실히 알 수 있을 것 같았다.

송별회에 어떤 프로그램들을 준비할 것이며 그 프로그램들을 어떻게 구성하고 배분할 것인지, 선생님들을 위해서는 어떤 선물을 준비할 것이며 송별회 동영상은 누가 촬영할 것인지, 그리고 또 그 동영상의 CD는 어떤 식으로 제작할 것인지까지 준비해야 할 일이 한둘이 아니었다.

그 외에도 송별회에는 구석구석 엄마들의 손길이 닿지 않은 곳이 정말 한 군데도 없었다. 송별회 장소였던 2층 강당에는 달님반의 모든 엄마가 함께 모여 하나하나 색종이를 오려 붙여 만든 수많은 장식품이 걸려 있었고, 테이블 위 상차림 하나하나에도 모두 엄마들의 번뜩이는 아이디어와 정성이 가득 담겨 있었다.

졸업을 축하하며 아이들에게 건네준 선물에는 소학교에서 사용할 많은 학용품이 담겨 있었는데, 그중 연필 한 자루 한 자루에까지 모두 아이들의 이름이 다 따로 새겨져 있는 것을 보며 나는 정말 감탄을 금하지 않을 수 없었다.

송별회의 프로그램들도 인상적이기는 마찬가지였다. 모두가 함께했던 1년을 추억하고 기념하는 자리였던 만큼 아이들도, 학부모들도, 그리고 선생님들도 모두 하나씩 서로를 위한 공연을 준비해 보여주었다. 아이들은 그간 연습해 왔던 노래를 합창으로 들려주었고, 엄마들은 우리나라에도 많이 알려졌었던 한 일본 개그맨의 노래인 '펜 파인애플

애플 펜'을 율동까지 더해 깜찍하게 소화해냈다.

하지만 그중에서도 가장 잊히지 않는 것은 바로 선생님들의 공연이었다. 사실 그날 유치원 송별회에는 원장 선생님과 원감 선생님, 그리고 담임선생님들 이외에도 함께 초대된 분들이 여럿 있었다. 그분들은 도대체 누구였을까?

놀랍게도 행정을 담당해주시는 분, 청소해주시는 분, 그리고 유치원 시설을 관리해주시는 분들과 같은 일반 직원분들이셨다! 선생님들은 이분들과 함께 아이들을 위해 '아기 돼지 삼형제'를 연극으로 준비해 주셨는데 이번에도 역시 원장 선생님은 와세다 유치원의 만능 엔터테이너답게 시설을 관리해주시던 두 분과 늑대 3인방을 맡으셔서는 빼어난 연기력으로 우리 모두에게 큰 웃음을 선사해 주셨다.

양복 차림의 원장 선생님과 작업복 차림의 직원분들이 한 테이블에 나란히 앉아 똑같이 학부모들의 감사 인사를 받고 또 마치 절친한 친구들처럼 함께 호흡을 맞춰 아이들을 위해 실감 나는 늑대 연기를 펼쳐주시던 모습이라니! 그것은 내게는 정녕 신선한 충격이자 또 깊은 감동이기도 했다.

1년을 마무리하는 송별회였던 만큼 물론 그간의 추억들을 돌아보는 시간도 있었다. 와세다 유치원에서 보낸 그 1년 동안 함께 했던 추억이 고스란히 담긴 사진들이 스크린 위로 한 장 한 장 지나가면서 엄마들의 합창이 이어졌다.

봄의 추억을 떠올려 보렴.
이런 일 저런 일들이 있었지.
동생들의 손을 잡고 이끌던 너희들의 모습.
정말 멋졌어.

여름의 추억을 떠올려 보렴.
이런 일 저런 일들이 있었지.
어린이 여름 축제의 많은 손님들.
풀장에서의 헤엄도 즐거웠지.

한 명 한 명 목표를 향해 파이팅!
너희들이 주인공이었던 운동회.
줄넘기, 뜀틀, 철봉, 릴레이.
멋진 모습 고마웠어.

우리 모두 좋아했던 와세다 유치원.
다정한 선생님과 친구들.
모두가 사이좋게 함께 놀았던 교실.
언제까지나 잊지 않을게.

정말 그랬다. 그 1년 동안 참으로 많은 일들이 있었다. 문득 울컥하고 눈물이 쏟아질 것만 같던 묘한 순간이었다. 와세다 유치원에서 1년을 보내며 즐거운 일도 힘든 일도 많았다. 많이 웃기도 했고 또 가끔은 알 수 없는 감정들에 울컥하기도 했었다. 그렇게 다사다난했던 시간만큼 송별회에서도 역시나 수많은 감정들이 교차했다.

아이들의 귀여운 합창에 얼굴 가득 미소를 짓기도 했고, 아이들을 위한 선생님들의 열연에 마음 따뜻해지기도 했으며, 다른 일본 엄마들과 1년간의 추억이 가득 담긴 노래를 합창하며 나도 모르게 눈물짓기도 했다. 아쉬웠던 와세다 유치원에서의 1년이 저물어 가듯 그날 있었던 우리들만의 이별 파티도 그렇게 끝이 났다.

그 후 며칠 뒤 나는 달님반의 한 엄마로부터 송별회 때 아이들이 합창하던 모습이 담긴 핸드폰 동영상을 전송받았다. 그리고 그 동영상을 정말이지 한 백번은 돌려보았던 것 같다. 그런데 흥미롭게도 내가 그 동영상에서 보고 있었던 것은 꼭 우리 아이들만은 아니었다.

나는 그 동영상 속에서 달님반 아이들 한 명 한 명의 모습을 모두 다 눈에 담으며 미소 짓고 있었다. 늘 언제 어디로 튈지 알 수 없었던 엉뚱한 쇼타로, 얼굴 가득 장난기가 넘쳐흐르던 개구쟁이 노조무, 뚱한 표정이 언제나 너무 귀여웠던 타이, 새침데기 공주님 같던 히나타, 맏언니처럼 늘 든든하던 미리야, 세상 그 어디에도 없을 말괄량이 소녀 마노. 그야말로 한 명 한 명 모두 다 개성이 넘쳐흘렀다. 아, 이 얼마나 사랑스러운 아이들이란 말인가!

와세다 유치원에서 1년을 보내며 나는 이 아이들과 내 아이들만큼이나 많은 시간을 함께했었다. 그 시간들이 쌓이고 쌓여 이제는 이 모든 아이가 다 내 아이처럼 느껴질 만큼 나는 그렇게 그 한 명 한 명의 아이들에게 모두 다 깊은 애정을 느끼고 있었다.

이렇게 사랑스러운 아이들과 함께 할 수 있었던 그 1년은 얼마나 소중한 시간이었던가. 지난 1년간 이 사랑스러운 아이들은 내게 또 얼마나 많은 소중한 추억들을 남겨 주었던가.

고마워, 얘들아. 언제까지나 너희들을 잊지 않을게.

이렇게 사랑스러운 아이들과
함께 할 수 있었던 그 1년은
얼마나 소중한 시간이었던가.

안녕, 와세다 유치원

3월에는 아이들의 유치원 수료를 앞두고 지난 1년을 정리하는 여러 가지 행사들이 있었다. 학부모 주최 송별회가 대표적이었고 그 이외에도 아이들은 아이들끼리 또 동생들과의 송별회를 따로 가졌으며 선생님과 학부모들 간의 마지막 환담회도 있었다.

그리고 아이들이 마지막으로 도시락을 싸가지고 갔던 날은 도시락을 다 먹은 뒤에 그 도시락통을 스스로 깨끗이 설거지하고 그 안에 그간 도시락을 싸준 엄마에게 감사의 메시지를 적어 넣어놓는 깜짝 이벤트를 펼치기도 했다. 그동안 정성스럽게 도시락을 싸준 엄마를 위해 스스로 설거지를 하도록 시키다니! 아, 이 얼마나 와세다 유치원스러운 마무리인가!

그 이외에도 아이들은 곧 헤어지게 될 유치원 친구들과 더욱더 열심히 뛰어놀았고, 나 역시 아쉬운 마음을 달래며 여러 일본 엄마들과 더 많은 대화를 나누려고 노력했다.

그렇게 시간은 흐르고 흘러 드디어 유치원 수료식 날이 되었다. 와세다 유치원의 수료식은 내가 상상했던 것보다도 훨씬 더 격식 있게 치러졌다. 아이들은 모두 셔츠와 블라우스에 카디건을 입어야 했고, 모든 학부모에게도 짙은 색상의 정장 차림이 요구되었다. 턱시도를 입고 나타나신 원장 선생님과 평소에는 늘 질끈 묶은 머리에 트레이닝복 차림이셨던 키타하라 선생님의 화려한 기모노와 화장, 그리고 헤어스타일도 무척이나 인상적이었다.

수료식에는 한 살 어린 딸기반 동생들은 물론, 이제는 거의 할아버지, 할머니가 되어버리신 와세다 유치원의 초기 졸업생분들, 그리고 와세다 유치원을 관할하고 있는 신주쿠 구청의 교육 담당자분들까지 참석하셨고, 아이들은 이 많은 사람들 앞에서 좀 더 의젓한 모습으로 서기 위해 거의 2주 전부터 꾸준히 연습과 준비를 해왔다. 일본에서는 아이들의 유치원 수료가 우리가 상상하는 것 이상의 큰 의미를 가지고 있는 듯 보였다.

수료식은 순조롭게 흘러갔다. 원장 선생님의 축하 인사가 있었고, 수료식에 참석해 주신 여러 내빈에 대한 소개도 이어졌다. 그리고 드디어 아이들이 유치원 수료증을 받는 순서가 되었다. 한 명 한 명 이름이 호명되면 의젓하게 원장 선생님 앞으로 나아가 수료증을 받고 인사를 한 뒤 다시 뒤돌아 가서 기다리고 있던 부모님에게 그 수료증을 전달해 주면 되는 것이었다.

아이들은 부모님에게 수료증을 전달하면서 '그동안 항상 데리러 와 주셔서 감사했어요.', '그동안 항상 도시락을 싸주셔서 감사했어요.'와 같은 식으로 감사의 말을 전했고, 부모는 그런 아이를 꼭 안아주는 따스한 순간들이 이어졌다.

하지만 역시나 아이들은 아이들이었다. 여자아이들은 부모님과 꼭 끌어안으며 감동적인 순간들을 연출해 냈지만, 남자아이들이 제법 형님 티를 내며 창피하다고 몸을 빼고 난리들이었던 것이다. 그러다가 드디어 우리 아이들의 차례가 돌아왔는데 아니나 다를까 작은 아이는 수료증을 전달하자마자 혹시라도 엄마가 안아 주기라도 할까 봐 줄행랑을 치며 도망을 쳤고, 큰아이는 심지어 괴성을 지르며 도망치다 자빠지기까지 했다! 여기저기에서 훌쩍훌쩍하고 있던 수료식장은 순식간에 웃음바다가 되었고 결국 우리는 아이를 안아주지 못한 유일한 부모가 되고 말았다. 엄마, 아빠가 혹시라도 너무 슬퍼할까 봐 이런 깜짝쇼까지 준비해 주다니! 아, 역시 우리 아들들이란! 하하하.

수료식은 아이들이 그간 연습했던 곡을 합창하는 부분에서 절정에 이르렀다. 수료식장 안으로 아이들의 낭랑한 노랫소리가 울려 퍼지기 시작하자 여기저기에서 학부모들의 훌쩍이는 소리도 함께 들려왔다.

어느 사이엔가 우리들은 혼자서 걷고 있었죠.
6년 전에 이 세상에 태어난 이 자그마한 생명이.
맑은 날에도 눈이 오는 날에도, 건강할 때도 아플 때도
변함없는 상냥한 눈길이 우리들을 감싸 주었죠.
어느새 봄바람이 이렇게 노래를 부르고 있네요.
고마워요, 마음을 담아서. 고마워요, 그리고 안녕.

어디까지라도 먼 길을 걸어갈 수 있는 용기와
슬픔을 서로 나눌 수 있는 따뜻한 이 마음.
다투고 화해하고 울고 웃고 격려하며
모두와 함께 우리는 이렇게 자랄 수 있었죠.
어느새 봄바람이 이렇게 노래를 부르고 있네요.
고마워요, 마음을 담아서. 고마워요, 그리고 안녕.

맑은 날에도 눈이 오는 날에도, 건강할 때도 아플 때도
변함없는 상냥한 눈길이 우리들을 감싸 주었죠.
어느새 봄바람이 이렇게 노래를 부르고 있네요.
고마워요, 마음을 담아서. 고마워요, 그리고 안녕.

처음 이 노래를 들었을 때는 '고마워요, 그리고 안녕.'이라는 후렴구가 조금 어색하게 느껴졌었다. '고마워요, 그리고 사랑해요.'가 아니라 '고마워요, 그리고 안녕.'이라니. 하지만 아이들이 소학교에 들어가고 나자 나는 그게 무슨 의미인지 어렴풋이 알 수 있을 것 같았다.

아이가 소학교에 입학하자마자 모든 것이 달라졌다. 매일매일 엄마 손을 잡고 유치원에 가던 아이는 혼자서 등하교를 하게 되었고 (일본은 소학교에 입학하게 되면 스스로 등하교를 하는 것이 원칙이었다. 집에서 먼 사립학교에 다니는 아이들은 심지어 1학년 때부터 혼자 지하철과 버스를 타고 등하교하기도 했다), 매일 엄마가 싸준 도시락을 먹던 아이는 학교에서 급식을 먹기 시작했다.

그리고 유치원에서 그렇게 쉴 새 없이 이어지던 학부모 모임도 거짓말처럼 모두 다 사라져 버렸다. 한 학기에 한두 번 정도 특별한 일이 있지 않은 한은 학부모가 학교에 가야 할 일은 거의 없었다. 아이는 늘 모든 것을 엄마와 함께 나누었던 그 어린 시절과 이별을 고하고 그렇게 또 한 발짝 자신만의 세상으로 나아간 것이다.

생각해 보면 와세다 유치원의 엄마들 중에서도 유치원 활동에 가장 적극적이었던 사람들은 큰아이가 있는 엄마들이었던 것 같다. 내가 끊임없이 이어지는 학부모 모임에 굳이 이렇게까지 해야 할 필요가 있나 생각하며 한숨을 쉬고 있을 때도 그 엄마들은 누구보다 밝은 표정으로 여유롭게 그 일들을 즐기고 있었다. 아마도 그 엄마들은 알고 있었던 것 같다. 아이와 함께 모든 것을 공유할 수 있는 이 시간이 그리 길지 않음을, 아이가 내 곁을 떠나 자신만의 세상으로 훨훨 날아갈 날이 그리 멀지 않았음을 말이다. 그렇다, 와세다 유치원의 졸업은 곧 내 아이의 어린 시절과의 또 다른 안녕을 의미하기도 했다.

수료식이 끝나고 유치원 정원으로 나오자 한 살 어린 딸기반 동생들과 그 엄마들이 달님반 아이들의 졸업을 축하하며 멋들어진 꽃길을 만들어 주었다. 아이와 함께 그 꽃길을 통과하며 함께 했던 동생들에게 인사를 하고 뒤이어 친구들, 선생님들과도 아쉬운 작별의 인사를 나누었다.

우리는 언제 또 어떤 모습으로 다시 만나게 될까. 그리고 그때는 와세다 유치원에서의 그 1년을 또 어떤 모습으로 기억하게 될까. 수많은 생각과 감정들이 머릿속을 가득 메워왔다. 그리고 그렇게 우리는 우리의 아름다웠던 와세다 유치원에서의 1년과 안녕을 고했다.

안녕, 와세다 유치원.

안녕, 언제나 그리울 내 아이들의 어린 시절이여.

안녕, 와세다 유치원.

안녕,
언제나 그리울
내 아이들의 어린 시절이여.

끝, 그것은 또 다른 시작

와세다 유치원에서의 1년을 마치고 우리 아이들은 집 근처에 있던 한 구립 소학교에 입학하게 되었다. 우리를 포함한 몇몇 아이들을 제외하면 달님반 아이들의 대부분이 다 유치원 바로 옆에 붙어있던 와세다 소학교로 진학했기 때문에 우리는 졸업과 동시에 이제는 정말 와세다 유치원과는 안녕이라는 생각을 하고 있었다.

하지만 와세다 유치원이 어떤 곳이었던가! 그곳은 우리가 그렇게 쉽게 그 인연의 끈을 놓아 버리도록 만들 곳이 아니었다. 소학교에 입학하고도 우리가 다시 한국으로 돌아갈 때까지 아니 심지어는 한국으로 다시 돌아와서까지도 와세다 유치원과 우리의 인연은 계속해서 끈끈하게 이어졌다.

우선 와세다 유치원에는 매년 4월 말에 졸업생들을 위한 유치원 동창회가 있었다. 특히나 갓 유치원을 졸업한 소학교 1학년 아이들은 이 날 졸업앨범을 받게 되어 있었기 때문에 달님반의 거의 모든 아이가 다 이 동창회에 참석했다. 유치원 동창회에 참석하는 소학교 1학년 아이들이라니! 아, 이 얼마나 귀여운 동창회란 말인가!

이 행사는 유치원에서 공식적으로 진행하는 행사였기 때문에 선생님들도 모두 참석을 하셔서 아이들을 따스하게 맞아주셨다. 아이들은 오랜만에 다시 찾은 유치원에서 선생님, 그리고 친구들과 서로 반갑게 인사를 나누며 마치 다시 유치원 생활로 돌아간 듯 신나게 뛰어놀았고, 그동안 엄마들은 근처의 카페에 모여서 그간 나누지 못했던 이야기들을 함께 했다.

그런데 재밌는 사실은 이 동창회가 소학교 1학년 아이들을 위한 일회성 행사가 아니라 아이들이 2학년이 되고, 3학년이 되고, 또 더 나이가 들어서도 계속해서 이어지는 행사라는 점이었다. 물론 학년이 올라가면 올라갈수록 참석하는 아이들의 수가 점점 더 줄어든다는 이야기를 듣기는 했지만 그래도 자신이 졸업한 유치원에 이토록 애정을 느낄 수 있게끔 해주는 행사가 매년 마련된다는 사실이 내게는 무척이나 신선했다.

이 동창회 때 받은 아이들의 유치원 졸업앨범도 역시나 커다란 감동이었다. 사실 졸업앨범을 수료식 때 주지 않고 굳이 왜 이렇게 한참이 지나서 따로 전해주는 것일까 궁금했었는데 막상 졸업앨범을 받고 보니 그 이유를 쉽게 이해할 수가 있었다. 달님반에서 졸업앨범 팀을 맡고 있던 몇몇 엄마들이 무려 1년을 준비해서 직접 만들었다는 그 앨범은 진심으로 상상을 초월하는 수준이었다.

앨범의 표지는 자기가 그린 그림으로 만들어져 있었기 때문에 아이마다 그 표지가 다 제각각 달랐고, 앨범 안에는 입원식부터 수료식까지 지난 1년간의 여정이 수백 장의 사진들과 함께 너무도 아기자기하게 빼곡히 담겨 있었다. 이 앨범 한 권만 가지고 있으면 아이들이 나중에 나이가 들어서도 와세다 유치원에서 친구들과 함께했던 그 1년간의 기억을 아주 소소한 부분까지 잊을 라야 도저히 잊을 수가 없겠구나 싶을 만큼 너무도 정성스레 만들어진 앨범이었다.

더불어 앨범 팀의 엄마들이 그간 얼마나 많은 애정과 정성을 담아 이 앨범에 들어갈 사진들을 한 장 한 장 고르고, 또 한 장 한 장 배열하고 편집했을까를 생각하니 나도 모르게 따뜻한 미소가 지어지기도 했다. 그야말로 와세다 유치원에서의 그 1년을 오롯이 함께했던 그 엄마들이 아니었다면 다른 누구도 만들 수 없을 소중한 앨범이었다.

소학교 입학식 때 있었던 일도 잊을 수가 없다. 한참 입학식이 진행되던 중, 교장 선생님께서 한 통의 편지를 읽어주시는 것이 아닌가. 그것은 바로 와세다 유치원의 키타하라 선생님으로부터 온 편지였다!

물론 와세다 유치원뿐만이 아니었다. 이처럼 소학교에서는 입학식 때 아이들이 졸업한 각 유치원의 담임선생님들로부터 모두 짧은 축하 편지를 하나씩 받아서 이를 읽어주는 코너가 있었다. 아, 이 얼마나 깜찍한 아이디어란 말인가!

그뿐만이 아니었다. 신주쿠구 내의 구립 유치원과 구립 소학교들은 생각보다 훨씬 더 긴밀하게 연결이 되어 있어서 아이들의 소학교 공개 수업 때는 유치원의 미나미 선생님과 키타하라 선생님이 직접 그 수업을 참관하러 오셔서 아이들을 응원해주기도 하셨다. 비록 유치원은 이미 졸업을 했더라도 아이들은 이런 소소한 이벤트들을 통해 자신들이 와세다 유치원의 졸업생이라는 소속감을 가지고 그 인연의 끈을 계속해서 이어갈 수 있었다.

달님반의 친구들, 그리고 엄마들과의 관계도 졸업이 끝이 아니었다. 소학교에서는 엄마들 간의 교류가 거의 없었기 때문에 처음 시작하는 일본에서의 소학교 생활에 궁금한 점도 어려운 점도 적잖이 있었지만, 그때마다 같은 소학교에 진학한 몇몇 달님반 엄마들이 내게는 언제나 든든한 지원군이 되어 주었다. (호주에서 온 이쟈도 우리 아이들과 같은 소학교에 진학했다!)

그리고 6개월간의 짧은 소학교 생활을 마치고 다시 한국으로 돌아오게 되었을 때도 우리의 귀국을 그 누구보다 아쉬워하며 두 번이나 단체 모임을 소집해 송별회를 열어준 것도 모두 다 와세다 유치원의 달님반 엄마들이었다. 그렇다. 우리는 유치원을 졸업하면서 그렇게 아쉽게 와세다 유치원에 안녕을 고했다고 생각했지만 그것은 절대로 끝이 아니었다. 그것은 또 다른 시작을 의미할 뿐이었다.

한국으로 돌아온 지 8개월 정도가 되어가던 무렵, 우리는 온 가족이 함께 오랜만에 다시 도쿄를 찾았다. 그리고 물론 와세다 유치원의 친구들과도 다시 만남을 가졌다. 오랜만에 만나는 건데 혹시라도 어색하면 어쩌나 두근거리는 마음으로 약속 장소로 향하고 있었는데 저 멀리서 우리 아이들을 발견한 타이와 료가 정말 미친 듯이 반가워하며 우리 쪽으로 뛰어오는 것이 아닌가! 아이들은 어색함이란 전혀 없이 마치 어제 만난 친구들처럼 수풀 속을 뛰어다니며 벌레를 잡고, 준비해 온 공을 들고 축구, 야구, 피구를 하며 신나게 뛰어놀았다.

달님반의 엄마들 역시 환하게 웃으며 나를 반겨주었고, 우리는 마치 오래된 친구들처럼 그렇게 서로를 반가워하며 그간 못다 한 이야기들을 함께 나누었다. 마치 타임머신을 타고 그때 그 시절로 다시 돌아간 것처럼 모든 것이 다 너무나 그대로였던 시간이었다.

그날 모임을 끝마치고 달님반 엄마들의 단톡방에서도 다시 유치원 시절로 돌아간 것만 같은 행복한 시간이었다는 다른 엄마들의 메시지가 이어졌다. 우리는 모두 그렇게 우리가 함께했었던 그 시절 그 시간들을 여전히 아름다운 추억으로 간직하고 있었다.

일본 생활을 마치고 한국으로 다시 돌아갈 무렵, 나는 자주 찾던 한 선생님의 블로그에서 우연히 흥미로운 이야기를 하나 읽게 되었다.

그 선생님은 도쿄에서 아이를 낳으셨는데 그때 산모 교실에서 함께 했던 일본 엄마들과 근 20여 년 만에 다시 연락이 닿아 그 인연을 계속 이어가게 되었다는 내용이었다. 그리고 그 인연이 도쿄로 교환학생을 떠나게 된 따님에게까지 이어져서 그 따님 역시 도쿄에 있는 동안 잊지 못할 수많은 추억을 만들게 되었다는 것이었다.

그 글들을 읽으면서 나는 참으로 여러 가지 생각이 들었다. 나중에 십 년이 흐르고 또 이십 년이 흐른 뒤에 나도 달님반의 이 엄마들과 그런 관계가 될까? 나와 이 엄마들의 추억은 과연 어디까지일까. 우리의 인연은 언제까지 계속되게 될까. 우리에게는 앞으로 또 얼마나 많은 새로운 추억들이 남아 있을까.

와세다 유치원에서의 1년을 통해 우리 가족에게 찾아왔던 변화들도 마찬가지였다. 아파트촌에서 태어나 평생을 아파트촌에서만 살아왔기에 자연을 접할 기회가 그리 많지 않았던 우리 아이들은 지금도 수풀만 보면 환호성을 지르며 뛰어드는 꼬마 곤충학자들이 되었고, 늘 바쁜 회사생활에 쫓겨 가족과의 일상에 소홀했었던 남편은 시간이 날 때마다 아이들과 함께 떠나는 여행을 계획하는 열정 넘치는 아빠가 되었다. 그리고 그저 서구권의 언어와 문화에만 관심이 있던 나는 매년 직접 도쿄를 찾아 와세다 유치원 엄마들과의 단체 모임에 참석할 정도로 일본어와 일본문화, 그리고 일본이라는 또 다른 세상에 새롭게 눈을 뜨게 되었다.

또 무엇보다 우리는 언제든 함께 둘러앉아 웃으며 이야기 나눌 수 있는 수많은 추억을 함께 만들어나가는 훨씬 더 끈끈한 사이의 가족이 되었다. 비록 와세다 유치원에서의 1년은 끝이 났지만 그곳에서 보낸 시간들이 우리에게 남겨준 것들은 결코 끝이 아니었다. 끝, 그것은 결국 또 다른 시작이었다.

비록 와세다 유치원에서의 1년은
끝이 났지만
그곳에서 보낸 시간들이
우리에게 남겨준 것들은
결코 끝이 아니었다.

나의 사랑하는 두 아이에게 -

인생이라는 여행길, 너희와 함께여서 행복해!

"아이고, 쌍둥이 키우느라고 엄마가 얼마나 고생을 했을까!"

아이들이 아주 어렸을 때부터 아이들과 함께 외출만 했다 하면 주변의 수많은 사람으로부터 귀에 못이 박이도록 들어왔던 이야기였다. 게다가 나는 아들 쌍둥이이기까지 했으니 오죽했을까. 물론 쌍둥이를 키운다는 것은 분명 무척이나 힘든 일이었다.

하지만 돌이켜 보면 동시에 또 굉장히 흥미로운 일이기도 했다. 무엇보다 우리 아이들은 서로 각자의 개성이 너무도 뚜렷한 아이들이었다. 원체 이란성이기도 했지만 한날한시에 태어난 쌍둥이라는 말이 무색할 정도로 외모도 성격도 완전히 달랐다. 이처럼 각기 개성이 다른 같은 나이, 같은 성별의 두 아이를 동시에 키운다는 것은 엄마로서 상당히 색다른 경험이라 할 수 있었다.

큰아이 연우는 천성적으로 행복한 아이였다. 아주 아기였을 때부터 '해피 연우'라고 불렀을 만큼 아이는 매사에 긍정적이고 낙천적이며 세상 모든 것에 호기심이 넘쳐흘렀다. 사실 큰아이는 어려서부터 또래에 비해 발달이 조금 늦은 편이었다. 걸음마도 18개월 가까이 돼서 처음 시작하여 엄마인 나의 애를 태웠고 운동신경도 둔한 데다가 가위질이나 그림 그리기 같은 소근육 활동도 다른 아이들에 비해 어설프기 그지없었다. 키도 항상 가장 작은 축에 속했던지라 엄마인 나로서는 늘 조바심이 나고 걱정이 되던 그런 아이였다. 하지만 아이는 나의 그런 걱정을 도대체 아는지 모르는지 항상 세상 모든 것이 다 행복하기만 했다.

일본에서 돌아와 한국 초등학교에 들어갔을 때의 일이었다. 남자애들 사이에서는 여자인 내가 모르는 힘의 논리 같은 것이 있다던데 덩치도 작고 매사에 어설프기만 한 큰아이가 친구들 사이에서 혹시 주눅이 들지는 않을지, 괴롭힘을 당하지는 않을지 나는 그게 늘 걱정이었다. 그런데 어느 날 큰아이가 학교를 마치고 돌아와 너무도 뿌듯한 표정으로 내게 이렇게 말을 하는 것이 아닌가.

"엄마, 내가 키가 작으니까 친구들이 나보고 계속 귀엽다고 해요! 나는 귀여운 매력이 있는 것 같아요!"

너무도 행복한 표정으로 재잘재잘 떠들고 있는 아이의 모습을 보면서 나는 순간적으로 빵하고 웃음이 터져버리고 말았다. 키가 작아서 친구들이 자신을 귀여워한다며 아이 스스로가 저렇게 행복하다는데 나의 그 모든 걱정들이 도대체 다 무슨 의미가 있단 말인가! 아이는 자신은 물론 주변의 모든 사람들에게까지 행복한 기운을 전달하는 타고난 해피 바이러스를 지니고 있었다.

매사에 어설픈 큰아이와 달리 작은 아이 은우는 언제나 똑 부러지는 아이였다. 남자아이답지 않게 주변 정리정돈도 잘하고 꼼꼼한 데다가 항상 당차고 적극적이기까지 했다. 그리고 무엇보다 매사에 의욕과 열정이 넘쳐흐르는 타고난 '열정 부자'였다. 때로는 그 지나친 열정이 독이 되어 스스로 스트레스를 받기도 했지만, 그 와중에도 아이는 자신이 마음먹은 것은 끝까지 다 해내곤 했다. 무엇을 하든 자신이 마음에 들 때까지 끝을 보아야 직성이 풀리는 그런 아이였다.

일본에 있을 때 아이들을 구몬에 보낸 적이 있었다. 일본의 구몬은 학원 형태로 되어 있어 아이들이 직접 가서 할당량의 학습지를 풀고 선생님의 채점을 받은 뒤 집으로 돌아오는 형식이었다.

첫날 수업을 마치고 남편과 함께 아이를 데리러 가보니 아이가 자리에 앉아 눈물을 뚝뚝 흘리며 울고 있는 것이 아닌가. 깜짝 놀라 선생님께 무슨 일인가 여쭤보니 아이가 처음 써보는 히라가나가 쉽지 않았는지 시간 내에 다 끝마치지 못해서 오늘은 여기까지만 하라고 했더니 자기는 더 하겠다며 이거 다 끝마칠 때까지 하고 갈 거라고 고집을 피우더라는 것이었다.

남은 양이 꽤 되어 보여 오늘 다 못했으면 다음에 하면 된다고 말해 주었는데 그때부터 아이가 자기는 이걸 꼭 다 하고 갈 거라고 울음을 터트렸다는 것이다. 아이는 우리가 온 뒤에도 눈물을 뚝뚝 흘려가며 하던 일을 계속했고 결국 그걸 다 끝마친 뒤에야 자리에서 일어났다.

“요즘 아이들답지 않게 ‘야루끼(의욕)’가 넘치네요. 요즘은 이런 아이를 찾아보기 힘든데 말입니다.”

지긋하게 나이를 드신 할머니 선생님께서는 흐뭇한 미소로 아이를 바라보며 우리에게 그렇게 말씀해주셨다. 아이는 천성적으로 무엇이든 열심히 하는 아이였다. 그 타고난 열정 때문에 초반에는 약간씩 문제를 겪기도 했지만 결국에는 어디를 가든 많은 선생님으로부터 사랑을 받았다.

쌍둥이이면서도 서로 이렇게나 다른 두 아이었지만 물론 비슷한 면도 많이 있었다. 우리 아이들은 두 아이 모두 지극히 밝고 쾌활했으며 특히나 사교성이 엄청나게 좋았다. 쌍둥이여서였을까. 어디를 가도 주눅이 들거나 수줍어하는 일이 없었고 처음 보는 사람들에게도 거침없이 다가가 환하게 웃으며 재잘재잘 말을 걸었다. 만약 전국 어린이 사회성 경진대회 같은 것이 있었다면 분명 전국 상위 1% 안에 들고도 남을 아이들이었다. 나나 남편이나 모두 전혀 그런 성격들이 아닌데 도대체 어디서 이런 아이들이 나온 것인지 우리는 그저 신기할 뿐이었다.

한번은 아이들과 함께 프랑스를 여행하던 때였다. 우리는 당시 동양인이라고는 눈을 씻고 봐도 찾기 힘든 프랑스의 아주 작은 한 시골 마을에 머무르고 있었다. 점심을 먹으려고 테라스가 멋지던 동네 광장의 한 레스토랑을 찾았는데 그곳에는 이미 두 쌍의 노부부가 자리를 잡고 앉아 있었다. 불어라고는 한마디도 하지 못했던 나는 온갖 손짓과 발짓을 동원하여 어렵게 주문을 끝마쳤고 순간, 이 모습을 재미있다는 듯 지켜보시던 그분들과 눈이 딱 마주치고 말았다. 내가 먼저 머쓱하게 웃으며 영어로 말을 건넸다.

"불어를 하나도 못해서요."

그분들은 손에 들고 계시던 사전을 보여주시며 본인들 역시 영국에서 왔는데 상황이 별반 다르지 않다고 깔깔 웃으셨다. 그리고는 어디에서 왔는지, 아이들은 몇 살인지, 어쩌다가 여기까지 여행을 오게 된 것인지, 지금까지의 여행은 어땠는지 여러 가지를 물으셨고 우리는 그렇게 한참의 대화를 이어갔다. 그러던 중 음식이 나오기 시작했고 우리는 대화를 멈춘 뒤 각자의 식사에 열중했다.

프랑스의 코스 요리가 대부분 다 그러하듯이 식사는 2시간이 넘게 이어졌고 아이들은 식당 앞 광장을 들락날락하며 나뭇잎을 줍고 벌레를 잡느라 여념이 없었다. 그리고 아니나 다를까 불어는 물론 영어 한마디 할 줄 모르면서도 주인아주머니와 그 노부부분들께 잡은 벌레를 자랑하기도 하고 무슨 얘기를 하는지 함께 깔깔대며 신나게 웃기도 했다.

그렇게 여유롭고도 또 여유롭던 식사가 다 끝나갈 때 즈음 먼저 식사를 마치신 노부부분들께서 일어나셨고 우리는 가볍게 눈을 맞추며 작별 인사를 나누었다. 그런데 그중 한 할머니분께서 조용히 우리 자리로 다가오시는 것이 아닌가. 그리고는 너무도 따뜻한 미소를 지으시며 내 눈을 바라보고 이런 말씀을 해주셨다.

"가기 전에 이 말을 꼭 해주고 싶어서 왔어요. 정말 너무도 사랑스러운 아이들을 키우고 있군요. 온 가족이 다 진심으로 행복해 보여요. 축복받은 가족이라는 생각이 드네요. 언제나 이렇게 행복할 수 있기를 바래요."

할머니의 얼굴에는 얼굴 가득 진심이 묻어나고 있었다. 마음속 깊이 따스함이 느껴지던 잊지 못할 순간이었다.

생각해 보면 프랑스를 여행하던 동안 우리는 많은 프랑스인들에게 불어 한마디 하지 못하는 어리숙하고 성가신 동양인들일 뿐이었다. 불어를 못해 막 헤매고 있노라면 그들의 얼굴에는 귀찮아 죽겠다는 표정이 은연중에 다 드러났다. 하지만 아이들이 나타나는 순간 상황은 완전히 달라졌다. 뚱하고 심드렁한 표정을 짓고 있던 사람들도 우리 아이들이 나타나면 하나같이 다 슬며시 따스한 미소를 지어주었다.

어리숙하고 귀찮은 동양인들이었던 우리가 먼저 가서 말을 붙여주고 도와주고 싶은 너무도 사랑스러운 가족으로 변하는 순간이었다. 세계 어디를 가든 우리 아이들은 그런 마법과도 같은 존재들이었다. 사람들의 얼굴에 미소를 짓게 하고 마음의 빗장을 스르르 열게 만드는 바로 그런 존재들 말이다.

와세다 유치원에서도 마찬가지였다. 많은 사람이 내게 한국 사람 하나 없던 그 유치원에서 어떻게 그렇게 잘 버텨낼 수 있었는지, 어떻게 그렇게 일본 엄마들과 좋은 관계를 유지할 수 있었는지 대단하다 이야기하지만 사실 그 모든 것들은 다 나의 소중한 두 아이 덕분이었다. 일본어라고는 한마디도 하지 못하던 외국인들이었음에도 아이들은 거침없이 일본 친구들 속으로 파고들었고 그 특유의 친화력으로 친구들은 물론 선생님들, 또 다른 일본 엄마들로부터도 두루두루 많은 사랑을 받았다. 그리고 그 덕에 나는 내가 아닌 귀엽고 사랑스러운 두 아이, 연우와 은우의 엄마로서 수많은 사람에게 따뜻한 관심을 받으며 성공적인 유치원 생활을 이어나갈 수 있었다.

사실 아이를 키운다는 것이 늘 마냥 행복한 일만은 아니었다. 아이를 키우다 보면 포기해야 할 것들이 너무나 많았고 가끔은 내 인생이 과연 나를 위한 것인지 아니면 아이를 위한 것인지 하는 마음에 한숨 쉬게 될 때도 있었다. 하지만 아이들과 함께하면서 가끔 만나게 되는 이런 잊지 못할 특별한 순간들, 그리고 그로 인해 눈뜰 수 있었던 전에는 몰랐던 또 다른 세상들 덕에 어쩌면 나의 인생이 오히려 이전보다 조금 더 풍요로워지고 또 조금 더 깊이 있어진 것은 아닐까 생각해 본다.

이 글을 쓰다 보니 너희들은 참 축복받은 가족이라 이야기해주시던 영국 할머니의 그 따스한 표정이 다시금 떠오른다.

그러게요, 할머니. 이렇게나 사랑스러운 아이들을 키울 수 있다니 저희는 참으로 축복받은 부모네요!

내 사랑하는 두 아이, 연우 그리고 은우야.

인생이라는 이 소중한 여행길, 이 길을 너희와 함께 할 수 있어 엄마와 아빠는 정말 행복해!

그러게요, 할머니.
이렇게나 사랑스러운 아이들을 키울 수 있다니
저희는 참으로 축복받은 부모네요!

에필로그

당신에게도 당신만의 와세다 유치원이 있나요?

어느덧 한국으로 돌아온 지도 3년 가까이 되는 시간이 흘렀고 와세다 유치원을 졸업한 지는 3년 반 가까이 되는 시간이 흘렀다. 이제는 조금씩 잊힐 법도 한 기억들인데 책을 준비하면서 그때 찍었던 사진들을 찾아보고 또 그때 받았었던 유치원 안내문들을 하나하나 다시 꺼내보면서 추억에 잠겨볼 수 있었던 무척이나 행복한 시간이었다. 내가 적은 원고들을 읽으면서 남편은 늘 이런 말로 나를 놀려대곤 했었다.

"아니 애들 유치원 보낼 때는 그렇게 힘들다고 짜증 내고 투덜투덜하더니 글은 너무 멋있게만 써놓은 거 아니야!"

그런데 사실 내가 생각해도 그렇기는 하다. 막상 애들을 와세다 유치원에 보내던 그 1년 동안은 그때 그 시절의 소중함을 잘 알지 못했다.

매일 아침 일어나 아이들의 도시락을 싸고, 더우나 추우나 비가 오나 바람이 부나 아이들의 손을 잡고 30분씩 걸어서 유치원에 가고, 틈만 나면 소집되는 학부모 모임에 참석해 말 한마디 안 통하는 일본 엄마들 틈에 끼어 고군분투하면서 내가 이러려고 도쿄에 왔나 참 많이도 투덜대고 참 많이도 힘들어했었더란다.

하지만 인생이란 원래 그런 것이 아니겠는가. 당시에는 정말 힘들고 아팠던 기억도 시간이 흐르고 또 흐르면 결국엔 다 좋은 경험이 되고 아름다운 추억이 되는 뭐 그런 것. 행복했던 시간만큼 힘들고 어려웠던 시간도 함께 있었기에 내게는 더 의미 있고 소중했던 시간이었다고 생각한다.

사실 도쿄에서 지내면서 어떻게든 육아에서 조금이라도 더 벗어나고자 하는 마음에 보낸 유치원이었는데 바로 그 유치원에서 내 육아의 가장 아름답고 빛나던 1년을 보낼 수 있었으니 늘 느끼는 바이지만 인생이란 참으로 알 수 없는 것이다.

나는 요즘도 여전히 달님반 엄마들과 종종 연락을 주고받는다. 아이들이 커가는 모습을 사진으로 서로 교환하기도 하고 또 아이들 역시 동영상으로 서로에게 안부를 묻기도 하면서 말이다. 요즘 가라테를 배우고 있다는 유이는 가라테복을 입고 멋진 포즈를 취하고 있는 사진을 보내주었고, 여름 방학 때 할아버지 댁에 갔었다는 타이는 동영상을 통해 그때 잡은 장수풍뎅이 두 마리를 신나게 자랑해 보였다. 장난꾸러

기 노조무는 산타할아버지에게 선물 받았다는 야구 방망이를 들고 멋진 포즈를 취해 보였고, 이제는 호주로 돌아간 이쟈는 호주의 멋진 해변을 배경으로 찍은 사진을 보내오기도 했다. 그리고 마노의 엄마가 보내준 마노의 생일 파티 사진에서는 마노는 물론이고 어느새 또 훌쩍 커버린 미리야와 노조무의 모습을 발견하고 나도 모르게 반가운 미소를 지어보기도 했다. 몸은 멀리 떨어져 있어도 우리는 여전히 그렇게 끈끈하게 연결되어 있었다.

나는 가끔 그런 상상을 한다. 십 년이 지나고 또 이십 년이 지나서 내 머리가 희끗희끗하게 변해가고, 아이들도 이제는 다 커버려 모두 내 곁을 떠나가게 되었을 때 나 혼자 조용히 도쿄를 찾는 모습을, 그리고 그렇게 찾은 도쿄에서 아무에게도 알리지 않고 혼자 조용히 와세다 유치원을 찾아가는 그런 모습을 말이다.

그곳에서 나는 아무도 없는 와세다 유치원의 정문을 조심스레 열고 그 안으로 들어가 본다. 그리고는 텅 비어있는 유치원의 정원, 그 한구석에 가만히 앉아 조용히 추억에 잠겨 본다. 아마도 내가 바라보는 그 정원 안에는 친구들과 깔깔대며 신나게 뛰어노는 7살짜리 자그마한 내 아이들과 그 모습을 환하게 웃으며 바라보고 있는 젊은 시절의 내가 있을 것이다. 아, 생각만으로도 뭔가 가슴이 울컥해지는 풍경이다.

내게 있어 와세다 유치원은 그런 곳이다. 내 아이들의 행복한 어린 시절이 있는 곳, 그리고 다시는 돌아오지 않을 그 찬란한 시간을 함께 할 수 있었던 소중한 나의 젊은 시절이 있는 바로 그런 곳 말이다. 그 시절이 그리울 때면 언제든 혼자 조용히 찾아가 그 기억들을 모두 다 떠올려 볼 수 있는 그런 추억의 장소를 가지고 있다니 나는 얼마나 운이 좋은 사람이란 말인가!

예전에 내가 자주 찾는 한 인터넷 여행 카페에서 아직 어린아이들과 함께 해외로 여행을 떠나는 것에 대해 수많은 사람의 의견이 분분했던 적이 있었다. 어차피 아이는 크고 나면 아무것도 기억하지 못할 텐데 그런 여행이 굳이 무슨 의미가 있겠냐는 의견과 아이가 구체적으로 기억은 하지 못한다 해도 무의식적으로 혹은 정서적으로 분명 아이에게 굉장히 긍정적인 영향을 줄 것이라는 의견이 팽팽히 맞서고 있었다.

그런데 그중 한 댓글이 내 눈을 사로잡았다.

'저희도 아이가 어려서부터 온 가족이 함께 여행을 참 많이 다녔어요. 지금은 아이가 다 컸는데 사실 아이는 그때 그 여행들을 전혀 기억하지 못하기는 해요. 하지만 그래도 저와 남편이 기억하고 있죠. 아이와 함께했던 그 순간들을요. 나이가 들고 나니 남편과 그때 그 여행의 추억들로 밤새 이야기 나눌 때가 많답니다. 아이와의 여행은 지금 와서 돌이켜 보면 사실 아이가 아니라 저희 부부를 위한 것이었다고 생각해요.'

그 글을 읽고 나도 모르게 '아!'하고 탄성을 내질렀다. 나 역시도 그렇게 생각하고 있었으니까. 많은 사람들이 육아에 관해 이야기할 때 아이에게 미치는 영향을 위주로 이야기하곤 한다. 부모와 함께 하는 시간이 많을수록 혹은 부모와의 애착 관계가 좋을수록 아이의 발달에 큰 도움이 된다거나 혹은 인격 형성에 긍정적인 영향을 미친다거나 하는 식으로 말이다.

하지만 사실 아이의 어린 시절을 함께 한다는 것은 아이에게도 물론 좋은 일이겠지만 그보다 부모에게 더 소중한 시간이 아닐까? 아직 아이들이 4학년밖에 되지 않았지만 한 해 한 해 부쩍 자라는 아이들의 모습을 보면서 내가 이렇게 아이들과 살 부비며 함께 할 수 있는 시간이 과연 앞으로 얼마나 더 남았을까 하는 생각을 종종 해보게 된다. 그리고 그럴 때마다 와세다 유치원에서 1년을 보내며 아이들과 쌓을 수 있었던 그 수많은 추억들에 다시금 감사함을 느끼곤 한다.

나는 이 책을 읽는 독자 여러분들에게도 아이의 어린 시절을 떠올릴 수 있는 추억의 장소가 하나쯤은 있었으면 하는 생각을 해본다. 물론 그 장소가 일본의 어느 한 유치원처럼 거창할 필요는 없다. 그저 아이와 소소한 일상을 함께 할 수 있었던 곳이라면 그 어디라도 좋을 것이다.

이를테면 아이와 매일 저녁 함께 동화책을 읽던 신혼집의 작은 거실일 수도 있고, 혹은 아이와 매일 아침 손을 잡고 등원하던 아파트의 산책길, 아니면 아이와 주말마다 함께 떠났던 신록이 무성한 집 근처의 어느 한 캠핑장일 수도 있으리라.

나에게 아이의 어린 시절을 떠올리며 행복하게 웃음 지을 수 있는 와세다 유치원이 있듯이 여러분도 아이와 함께 여러분만의 와세다 유치원을 만들어나갔으면 좋겠다. 아이가 아니라 바로 여러분 자신을 위해서 말이다.

마지막으로 이 글을 빌어 내게 이렇게 아름다웠던 1년을 선사해 준 2016년 와세다 유치원 달님반의 23명의 사랑스러운 꼬꼬마들, 자칫 힘든 기억만 남을 수 있었던 타국에서의 육아에 따뜻한 동료가 되어 주었던 달님반의 모든 엄마들, 그리고 언제나 소신을 가지고 따스하게 아이들을 이끌어 주셨던 사토 원장 선생님, 미나미 원감 선생님 그리고 키타하라 담임선생님에게 감사함을 전한다.

또 말 한마디 통하지 않던 그 낯선 땅에서 두려워하지 않고 씩씩하게 한 걸음 한 걸음을 내디디며 하루하루 멋지게 성장해 간 내 소중한 두 아이 연우와 은우, 그리고 일본어 한마디 하지 못하던 아내 옆에서 언제나 큰 도움을 주며 따스한 버팀목이 되어 주었던 남편에게도 감사한 마음을 전한다.

그리고 아직 미숙하던 내 원고가 훨씬 더 힘 있고 매력적인 이야기로 다시 태어날 수 있도록 큰 도움을 주신 이수미 선생님, 사연 많던 이 원고가 한 권의 책으로 세상의 빛을 볼 수 있도록 손 내밀어 주신 최수진 대표님께도 감사함을 전한다.

책을 끝마치며 지금까지 부족한 제 이야기를 함께 해 주신 모든 독자 여러분들에게 이 말을 전하고 싶다.

ありがとう、心を込めて。

고마워요, 마음을 담아서.

ありがとう、そしてさようなら。

고마워요, 그리고 안녕.

함께여서 행복했던 내 아이의 어린 시절

와세다 유치원에서의 1년

초판 1쇄 인쇄 2020년 8월 11일

초판 1쇄 발행 2020년 8월 17일

지 은 이 조혜연

펴 낸 이 최수진

펴 낸 곳 세나북스

출판등록 2015년 2월 10일 제300-2015-10호

주 소 서울시 종로구 통일로 18길 9

홈페이지 http://blog.naver.com/banny74

이 메 일 banny74@naver.com

전화번호 02-737-6290

팩 스 02-6442-5438

I S B N 979-11-87316-69-5 03800

잘못 만들어진 책은 구입하신 서점에서 교환해드립니다.

정가는 뒤표지에 있습니다.